LO QUE EL AIRE MUEVE

MANUEL HIDALGO

LO QUE EL AIRE MUEVE

PRIMER PREMIO

LOÑOGROÑO

DE NOVELA

algaida

Un jurado presidido por Jorge Edwards, y compuesto por Luis Alberto de Cuenca, Ignacio Martínez de Pisón, Juan Manuel de Prada y Ángela Vallvey designó a la novela *Lo que el aire mueve,* de Manuel Hidalgo, ganadora del I Premio Logroño de Novela, convocado por el Ayuntamiento de Logroño, la Fundación Caja Rioja y Algaida Editores.

Primera edición: marzo 2008

© Manuel Hidalgo, 2008
© Ayuntamiento de Logroño, Fundación Caja Rioja
    y Algaida Editores, 2008
© de esta edición: Algaida Editores, 2008
Avda. San Francisco Javier 22
41018 Sevilla
Teléfono 95 465 23 11. Telefax 95 465 62 54
e-mail: algaida@algaida.es
Composición: Grupo Anaya
ISBN: 978-84-9877-039-1
Depósito legal: M-6545-2008
Impresión: Mateu Cromo
Impreso en España-Printed in Spain

Para Daniel

ÍNDICE

PRIMERA PARTE
EL PROBLEMA

—ESTA TÍA TENÍA CLASE, LA MUY JODIDA.

—Siempre dices lo mismo.

—Es la puta verdad, Catedrático.

—¿Y qué es tener clase para ti?, a ver.

—Tener clase es tener clase.

—Pues si que...

—Es ser la más elegante, las más guapa, la más número uno, la más todo. Mira.

En la pantalla de un televisor, Ava Gardner, en su papel de la bailarina María Vargas, conversa con un productor de cine y su ayudante. Pretenden contratarla para una película. Bogart, con pajarita, a su lado, observa. Es *La condesa descalza*. La escena transcurre en un tablao madrileño. Ava, altiva y recelosa, desconfía. Con falda roja y camisola blanca, se cubre los hombros y el escote con un mantón. Lleva pendientes de aro y una flor en el pelo. Melena suelta, negra y larga.

—¿Te das cuenta?

—Me doy cuenta.

—¿Tiene clase o no tiene clase, la tía?

—Tiene.

—Es lo que yo digo. Verás ahora, escucha.

«*Oscar.—¿Teme encontrarse sola? ¿Le asusta a usted Hollywood? No habrá inconveniente, pasado un tiempo, en que se lleve a su madre. Es natural que desee tener a su madre con usted. ¿Cierto?*

María.—Tan cierto como imposible que pueda llevármela.»

—Me la voy a aprender de memoria.

—¡Calla!

«*Kirk.—¿Por qué?*

María.—Ha muerto. Ahora vivo con mi madrastra.

Kirk.—Tampoco veo inconveniente. Podrá llevarse a su madrastra.

María.—No me interesa.»

—¡Toma! Te cagas de la clase que tiene.

Ava, como se hace llamar la chica, está sentada sobre las piernas en el sofá blanco de su apartamento. No ha cumplido los veintidós. Lleva una bata de seda color turquesa anudada a la cintura. Debajo, ropa interior negra. Bebe zumo de piña y fuma rubio tras rubio.

—Fumas demasiado, Ava.

—Ella fumaba.

—Y bebía, y se murió.

—Todos nos moriremos.

—Se murió joven.

—Yo también quiero morir joven.

—No digas tonterías.

—Digo lo que me sale del coño.

El Catedrático suspira y apura su vaso de whisky.

—Te puedes quitar la chaqueta.

—Estoy bien así.

—Me agobia verte con la chaqueta puesta.

El Catedrático se levanta del sofá, se quita la americana y la coloca con cuidado en una silla. Vuelve a sentarse junto a Ava.

—Estás echando tripa.

—¿Tú crees?

—Fijo.

El Catedrático se pasa la palma de la mano por la barriga.

—Puede que tengas razón.

—Te lo digo yo.

—También me lo dice mi hija.

—Tu hija tiene buen ojo.

—No pruebo las grasas. Por la tensión.

—Estás muy bien para tu edad, cariño. Sesenta y...

—...cuatro. Sigo con la tensión alta.

—Todos tenemos algo, mi amor.

—Yo antes no tenía nada.

—Estás cojonudo.

—No me quejo.

El Catedrático tiene el pelo muy canoso, ondulado, corto, hacia atrás, y un bigote recio, espeso, también encanecido.

—Deberías vestir de otra manera, siempre de gris y de negro. Mira la corbata que llevas, negra. Eso envejece. Te voy a regalar una corbata de colores.

—No hace falta que me regales nada, no voy a cambiar ahora.

—Para que no vayas tan triste.

—¿Me ves triste?

—La alegría de la huerta no eres, cari.

—Me lo imagino. Tú sí que eres alegre.

—Me trago las penas.

—¿Qué penas tienes tú?

—Todas y alguna más. Si te contara...

—Cuenta.

—No me gusta dar la brasa al cliente. Lo normal es al revés.

—¿Yo, cliente?

—¿Eres mi padre o qué?

—Tu padre, no.

—¿No vamos a seguir viendo la peli?

—No nos estamos enterando de nada.

—Tienes razón.

Ava empuña el mando a distancia, apaga el magnetoscopio y luego desconecta el televisor. Se levanta, retira la cinta de video y la guarda en su estuche. Vuelve al sofá. Enciende otro cigarrillo.

—Si te empeñas, te cuento: necesito un millón.

—¿De euros?

—¡No jodas! De pesetas.

—¿Para qué?

—Eso no te lo puedo decir.

—¿Por qué?

—Es mejor que no lo sepas.

—¿Estás metida en líos?

—Necesito un millón. ¿Tienes tú un millón para prestarme?

—No.

—¿Tú no tienes un puto millón en el banco?

—Sí, pero no te lo puedo prestar.

Ava se acerca un poco al Catedrático y juguetea con su corbata.

—Verás, yo había pensado lo siguiente: ¿desde cuándo nos vemos tú y yo?

—¿Cuatro meses?

—Y vienes un par o tres de veces al mes...

—Más o menos.

—Yo había pensado lo siguiente, si me pudieras adelantar un millón, tendrías polvos gratis durante otro año o más...

—Bastante más.

—Bastante más. ¿Qué te parece?

—No es posible. No te puedo dar ese dinero.

—Bueno, pues fin.

—¿Fin?

—Que a otra cosa, mariposa. Ya no te cuento nada más.

—¿Te enfadas? Es que no puedo.

—No me enfado. Me da por culo, pero no me enfado. ¿Te chupo la polla?

—Ava, ¿es necesario que hables así?

—Hablo como me sale del puto coño. Si quieres tías que hablen bien, fóllate a las catedráticas.

—Te enfadas, ¿verdad? Es que no puedo darte ese dinero.

—¡Pues ya está! ¿Te la chupo?

—No. ¿Tienes problemas?

—¿Quieres un polvo?

—No. ¿Qué problemas tienes?

—¿Se puede saber por qué no quieres follar nunca conmigo cuando tengo la regla? ¿Te doy asco?

—No. Ya hemos hablado de eso. Es por respeto. ¿En qué estás metida?

—¡Me parto el higo! Dice que no me folla cuando tengo la regla por respeto. ¡Tócate los cojones!

—No sé cómo quieres parecerte a Ava Gardner si no paras de decir tacos.

—Ava decía tacos por un tubo, tío listo.

—¿Seguro?

—Me lo sé todo de ella. ¿Seguimos con la peli?

—Quiero que me expliques para qué necesitas ese millón.

—¡Ya te vale!

Ava se levanta del sofá y se asoma a la ventana. Hay atasco, como siempre, en la calle Orense, cerca de El Corte Inglés. Ava está llorando. El Catedrático la abraza por detrás y la atrae hacia él.

—No llores.

—Me gustaría, ¿sabes?, salir de compras por las tardes, llevar a mi hijo al médico y merendar con él en un burger.

—Pero tú no tienes hijos.

—Ya lo sé, joder. Digo que me gustaría.

—Entonces no serías Ava.

—Y no necesitaría un puto millón.

—No puedo dártelo.

—¿Y un beso?

El Catedrático besa a Ava en las mejillas retirando hacia atrás su larga melena negra humedecida por las lágrimas.

EL JOSE CAMINA JUNTO A SU PADRE POR UNA ACERA DE BRAVO Murillo, muy transitada, ahora, cuando atardece. El Jose, nervioso, se frota las manos, gesto muy suyo, enrojecidas, sucias como las uñas, y adapta su paso, a saltitos, de puntillas, al lento andar del anciano, algo encorvado, que balancea un par de bolsas de plástico sujetas con firmeza.

—Te las llevo yo, papa.

—Déjate.

El hombre, ya jubilado, muy enfermo del riñón, tiene su orgullo, presume de valerse en lo que puede. Viudo desde años atrás, cocina y se ocupa de las faenas de la casa, actividades para las que cuenta con la entusiasta ayuda, aunque discutible e irregular, de su hijo, un chaval de veinte años desperdiciado para el trabajo, que saca algo de aquí y de allá, del buzoneo al trapicheo, sin arraigar en puesto alguno y con buen cuidado de no meterse en líos mayores. Adora a su padre. El amor al padre le alerta casi siempre de la presencia de los peligros. Por nada del mundo le daría un disgusto. La norma es portarse bien, y puede decirse que la cumple con celo. Por regla general. Fuma demasiados porros y bebe demasiadas cervezas, lo cual le coloca la cabeza en una nube ilusoria, en una suave irrealidad que, sin tropiezos de consideración, aporta la ventaja de mantenerlo contento, afinado de inteligencia y siempre muy cariñoso. Sobre todo, eso, el Jose es muy sentimental, y se le aprecia un desajuste encantador con la vida, que, por encima de cualquier cosa, resalta una inocencia y un infantilismo que le hacen vulnerable. Eso es lo que preocupa, más que nada, al padre.

Han salido de encargos.

—Nos queda el fiambre, Jose. ¿Quieres tú algo más?

—Quesitos.

—Ah, sí, quesitos. Pues vamos donde Mariano.

—Mira qué chula, papa.

—¿Qué?

—La cabra aquella.

—¿La qué?

—La moto, papa. Esa cuesta, por lo bajo, mil talegos.

El padre mira hacia donde apunta el dedo del Jose, un semáforo junto al que se ha detenido un trajeado ejecutivo encaramado a una moto despampanante, grande y ventruda como una ternera.

—Esa te coge los trescientos.

—¿Los trescientos qué?

—Kilómetros por hora. En carretera.

—¿Y para qué quiere alguien ir a trescientos kilómetros por hora en carretera?

—Para molar.

—Molar.

El padre ya ha visto lo suficiente y reanuda la marcha hacia el puesto de Mariano, en una galería de alimentación, callejón estrecho entre los costados de dos casas.

—Jamón de York, Mariano —pide el padre—, jugosito.

—¿Cuánto?

—Un cuarto. Del más económico.

Mariano se restriega las manos en su delantal blanco y coge una pieza de jamón como si fuera un balón de baloncesto.

—¿Se lo corto fino o como salga?

—A tu modo.

Mariano aplica la pieza a la cortadora, empuja hacia arriba el puente de sus gafas y suelta su teórica.

—Las lonchas finas se secan antes. El *jamonyor* hay que comprarlo cada día, don Vicente, lo justo para consumir. Se lo recomiendo. Si no, se acartona.

—No estoy yo para hacer compras todos los días.

—Mande al chico, que se sabe el camino.

—Éste tiene sus asuntos.

—¿Qué asuntos tienes tú?

El Jose está despistado, embebido en los tochos de cabeza de jabalí, mortadela de Bolonia, chicharrones y mojama alineados en el expositor, pero la onda le llega al limbo.

—¿Qué?

—¿Qué asuntos tienes tú?

—¿Yo?

—¿No puedes venir a por el *jamonyor* todos los días?

—Por supuestísimo.

—Ya me lo dirás —dice el padre con incredulidad.

Mariano pregunta que si quieren algo más y el padre dice que no.

—Los quesitos —rectifica el Jose.

—Ah, sí, quesitos, Mariano. En porciones.

—Están muy ricos —comenta el Jose.

—Se los come a pares —precisa el padre.

—¿Les pongo dos cajas entonces? —quiere saber Mariano.

—Mínimo —concluye el padre.

Y Mariano les pone tres. Pagan, se despiden y se van.

—¿Nos llevamos unas mimosas? —pregunta el padre ante un puestecillo de flores.

—Paso de flores —sentencia el Jose.

—Pues pasamos de flores.

Vuelven a Bravo Murillo, y el Jose hace saber su programa.

—Yo me abro, papa.

—¿Qué tienes qué hacer?

—He *quedao* con la peña.

—La peña. ¿A qué?

—A nada.

—Seguro. ¿Vendrás a cenar?

—Por supuestísimo.

—Te espero para el telediario. No bebas.

—Un par de birras.

—Birras. Cuantas menos, mejor.

El hijo toma al padre por los hombros y le besa en los dos carrillos.

—Ten *cuidao* al cruzar, papa.

Lorenzo se lava las manos en el diminuto servicio, se pasa el peine ante el espejo y se perfuma el cuello con colonia Fa. Se pone la chaqueta y, como renovado, abandona la trastienda de su comercio de alimentación.

Su dependiente más antiguo, Castillo, coloca en las estanterías una caja de briks de zumos, y Mila, la mujer de Lorenzo, cajera del negocio, sentada sobre un mullido taburete, hace las cuentas del día en su cubículo, un alto pupitre cercado en madera oscura y cristal, junto a la puerta de salida.

Ya no hay clientela. La tienda ha puesto el cartel de cerrado.

Javi, el joven aprendiz, hubiera querido estar ya listo para salir con Lorenzo, buen amigo de su padre, natural del mismo pueblo, el hombre al que debe el empleo y un sueldo escaso, pero suficiente para apañárselas en Madrid mientras estudia informática en horario nocturno. Pero Mila le ha encargado la limpieza de las baldas del vino y, subido a una escalera y provisto de un trapo, Javi quita el polvo a las botellas más altas, las más caras, y repasa los anaqueles poniendo tanto empeño en evitar que algún envase caiga al suelo como en acabar cuanto antes.

Lorenzo se despide de Castillo y de Javi con un impreciso rumor que, desde luego, suena a adiós y pasa junto a su mujer sin mirarla.

—Hasta luego —dice.

—Hasta luego —reproduce Mila sin levantar la vista de la registradora.

Lorenzo toma la ruta hacia el bar Toledo, su cita de cada tarde con los habituales. Un vinito y la patata frita con mejillón que le pone Santos, el camarero. Se sienta en una mesa junto al ventanal y echa un vistazo al *Marca* de la casa mientras va llegando la compañía: Genaro, el zapatero, Josué, el ferretero, y Esteban, el antenista. Entonces empieza el dominó, y le piden a Santos una de bravas y otro vinito. Y otro, y otro.

Lorenzo suele ir por el sexto vinito cuando la reunión se disuelve con el telediario empezado. El color ya le ha subido a la cara y, para lo poco que acostumbra a hablar, Lorenzo se muestra parlanchín y hace comentarios en voz alta sobre las noticias. Hay noches en las que se va con Josué, que vive cerca, y otras en las que, envalentonado por el vino, prolonga con unos boquerones y vermú de grifo, glosando a dúo con Santos las informaciones deportivas del telediario.

Esas noches, que son mayoría, sale del bar Toledo más que tocado y, a cada paso, va perdiendo aire y euforia. Entra en casa silencioso, derecho a orinar y a refrescarse en el váter. Mila, en el salón, cena con una bandeja ante el televisor, y no se hablan. Lorenzo se sienta en un butacón, y es cosa de minutos que se quede dormido, la cabeza vencida hacia adelante, las manos entrelazadas sobre el vientre. Así le deja Mila muchas noches, la mayoría, cuando se va sola a la cama con el *Pronto*.

—Castillo, ya te puedes ir.

No hay deferencia con el viejo empleado. La voz de Mila suena imperiosa. Castillo no pierde el tiempo, se desliza hacia la trastienda, cuelga en su taquilla la camisola azul azulete y el mandil blanco que le sirven de uniforme y, en un voleo, sale por la puerta administrando sospechas y silencios.

—Hasta mañanita, chaval.

Mila cierra la puerta por dentro con su abultado manojo de llaves, y Javi ya sabe lo que le espera.

Mientras se cambia sin prisas, para qué, en la trastienda, Javi piensa en Merche, su novia, si ella supiera, y en cuándo llamarla para avisarle de que se retrasa o no llega.

Javi se lava las manos en el retrete cuando Mila se le pega por detrás, le abraza fuerte por la cintura, su cabeza descansando sobre la nuca del chico, todo su cuerpo grande y caliente apretado contra su espalda, un mordisquito en una oreja, y ahora una mano, que se ha abierto paso, y agarra con fuerza su sexo.

—¡Qué rico! —le cuchichea Mila a Javi al oído.

Javi ve la cara de Mila en el espejo, pero no se atreve a mirarse a sí mismo: el rostro ovalado de una cincuentona de carnes abundosas, los labios color naranja, los mechones rubios deshilvanados y unos ojos verdes que se abren y se cierran en un ensueño de placer adelantado.

—Haces como que nada, cabrito, pero te la pongo gorda con sólo tocarte —dice Mila.

—Lo normal —Javi se encoge de hombros.

—¡Presumido! —deletrea Mila.

Mila desplaza a Javi, se sube la falda hasta la cintura y apoya sus brazos en los dos extremos del lavabo.

—Bájame las bragas, que me trastornas.

Javi se pone detrás de Mila y baja sus bragas hasta las rodillas, y ella abre más las piernas, se inclina hacia adelante y saca el culo todo lo que puede. Javi se lleva los dedos a la boca.

—No necesitas saliva, tonto. Estoy deshecha.

Javi la toma con una mezcla de deseo y asco que le desasosiega, pero que siempre, desde que esto empezó, se transforma en furia, furia que hace gritar a Mila a cada violento empujón, como una loca.

—¡Quiero verte la cara!

Y Javi asoma la cara en el espejo, junto a la de Mila, que brama, y el espejo reflejaría vergüenza, ira, arrepentimiento y miedo si hubiera espejos que pudieran retratar el alma, todo lo que el alma tiene cuando la cara es sólo una mueca, un resoplar, el bufido de una bestia.

—¡Hasta las tripas!

Huele a lejía en el retrete.

MERCHE ES UNA PERITA EN DULCE. ESO LE DICE SU ABUELA.

—Merche, mi niña, eres una perita en dulce. Al que te estropee, lo mato.

—Y dale, pero quién, ¿quién me va a estropear a mí?

—Hay mucho *desgraciao* suelto.

—Siempre con lo mismo, abu.

—Sé muy bien lo que me digo, hay mucho *desgraciao,* pero mucho.

Cuando la abuela se pone en este plan, a Merche le da por pensar que sabe algo. Pero qué va a saber ella si no hay nada que saber. Que sale con Javi, eso es todo lo que sabe. Y eso es todo lo que hay. Y Javi es un buen chico, se le nota en la cara. Es cariñoso, dulce y aseado. Aseado.

—Ese chico es muy aseado.

La abuela lo dijo el día en que Javi fue a comer a su casa, en Moratalaz. Se cayeron bien. Se pasaron la tarde jugando al parchís. Ganó la abuela.

Merche tiene diecinueve años, uno menos que Javi. Son altos, delgados, guapos.

—Parecéis modelos.

Merche trabaja de dependienta en una tienda de ropa juvenil por Princesa. Y la abuela no sabe que quiere ser modelo. O tener una tienda propia. No se decide. Ha hecho algún curso para modelo. La abuela no sabe que ya ha desfilado dos veces en un centro comercial de Pozuelo. Le llamaron para pasar lencería. Se lo pensó. Aceptó. Javi se enfadó.

—Lo de modelo, bien, pero pasearte en bolas delante de unos tíos guarros, ni hablar. No lo veo.

—En bolas, no.

—Casi.

—Y no había tíos guarros, había clientas.

—Algún tío habría.

—De la organización, están acostumbrados.

—Están acostumbrados a ponerse ciegos de mirar.

—Ciego, tú.

—En bragas, nunca más.

—Pagan bien.

—Que se metan el dinero por el culo.

—No hace falta ser grosero.

—Es que me pongo malo.

—Y tu hermana, ¿qué?

—Mi hermana es mi hermana y tú eres tú.

—Que trabajara yo en una línea erótica, ya veríamos.

—No veríamos nada. Tú, por tu lado, y yo, por el mío.

—O sea que tu hermana...

—¡Basta de mi hermana!

Javi, nada más terminar con lo de Mila, ha llamado al móvil de Merche: que tenía curro extra, un favor que le había pedido Lorenzo, y que ya no le daba tiempo a quedar antes de pasarse por la academia de informática.

Bueno. Merche se ha enfadado lo justo.

—¿Y qué vas a hacer tú? —le ha preguntado Javi.

—Ya veré. Clemente me ha dicho de tomar algo.

—Ten cuidado con ése.

A Merche le agobia que Javi sea tan celoso, con todos y para todo, pero también le gusta. Ella es de las que piensan que un novio que no es celoso es un novio que no te quiere.

Javi se siente fatal. Él, hecho un moro, como le dice Merche que es, y tirándose a Mila. Si Merche supiera. Javi se siente fatal, pero no siente culpa. Fue Mila la que empezó, fue ella la que le asaltó una tarde en la trastienda, por noviembre, y de nada valieron sus protestas. Mila es la mujer del patrón. Si Mila la toma con él, si le pone la proa, si se inventa cualquier cosa, que ha robado o lo que sea, Lorenzo lo planta en la calle. No digamos si dijera que quiso violarla o algo por el estilo. Perdería el empleo, el dinero que necesita para vivir en Madrid, y menudo disgusto se iba a llevar su padre, y menuda bronca horrorosa.

Javi, eso sí, se siente sucio. Y tiene miedo, mucho miedo. No sabe en qué puede acabar esto de Mila. Si un día los pilla Lorenzo, si Castillo se entera si es que no está enterado ya, si un día él le dice a Mila que hasta aquí, que se acabó, y Mila se coge un rebote. De qué será capaz.

Javi tiene pena de Lorenzo, pena de Merche, pena de sí mismo. Javi tiene pena hasta de Mila, hay que estar muy desquiciada para hacer eso.

Y Javi no se lo puede contar a nadie. Es angustioso. Muchos días mira los anuncios para cambiar de trabajo, pero no encuentra nada convincente.

Merche y Clemente, su jefe, están en una terraza de Rosales, arrimados al frescor de La Rosaleda. Las cabinas del teleférico van y vienen con monotonía y lentitud de segundero. La tarde es buena, tarde de mayo caluroso con luz rojiza en poniente, anticipo de otro día veraniego. Un par de turistas americanas de muslos gordos, pantalón corto, camiseta de tirantes y hombros de cangrejo recuperan fuerzas con despliegue de mapas en la mesa de al lado.

Clemente se ha quitado la chaqueta, aunque no la corbata, y en mangas de camisa confiesa a Merche sus problemas. Hay mucho de cansado, de vencido en los cuarenta sin cumplir de Clemente, bigote y pelo muy negros, mediana estatura, expresión tristona, mucho fumar y un gin-tonic. Merche, Coca-Cola.

—Ahora quiere la mitad de la tienda para darme el divorcio —se lamenta Clemente.

—¡Pero si tú ya le devolviste el dinero que puso ella! —se indigna Merche.

—¿Ella? ¡El dinero lo puso su padre! Ella no tenía ni un duro.

—Eso, encima, el dinero era de su padre.

—Pues ahora quiere la mitad de la tienda. Dice que la tienda vale lo que vale, que se ha revalorizado, que no importa el dinero que entonces se puso, sino lo que ahora vale la tienda...

—Hombre, Clemente —Merche se lo piensa—, bien mirado tiene razón...

—¿Razón? ¿Quién se ha currado la tienda? Ella no ha dado un palo al agua, tú lo sabes. La tienda la he llevado yo...

—Pero si no teníais separación de bienes...

—Eso no es justo.

—Es así.

—¿Y qué hago yo? No tengo ese dinero a mi disposición. Tendría que pedir un crédito, y me quedaría cogido por las pelotas. O vender la tienda, con lo cual a tomar por saco.

—Pues pasa del divorcio. ¿Para qué quieres tú el divorcio?

—Joder, ella está viviendo con el tío que se la follaba, me ha dejado con la niña... Es una cuestión de amor propio.

—Pasa del amor propio, Clemente.

—Eso se dice muy fácil.

—Ya.

—Y si me quiero casar otra vez, ¿qué?

—De momento, no estás con nadie...

—De momento, no.

Clemente bebe un trago de su combinado y enciende otro cigarrillo. Son unos segundos para ordenar ideas, pero son demasiadas las ideas que se le cruzan por la cabeza.

—¿Quieres que cenemos por ahí? —le pregunta a Merche—. Tengo a la niña con mi madre.

Merche se ajusta las gafas de sol que, a modo de diadema, ciñen su larguísima melena y mira su reloj. Son dos inocuos gestos que apenas sirven para aplazar la respuesta que Clemente teme.

—No puedo. He dicho en casa que llegaba a cenar.

—Llama y di que no vas.

—Se mosquean.

Clemente no insiste. Nunca insiste con Merche.

—Si quieres, te llevo en el coche.

—¿Hasta Moratalaz? No, hombre, cogeré el autobús.

—Como quieras.

Merche y Clemente apuran sus vasos y se ponen en pie. Clemente mira el ticket de la consumición y busca en los bolsillos de su americana las monedas que dejará en un platillo.

—¿Me invitas? —dice Merche.

—Pues claro.

—Gracias.

Merche se coloca las gafas de sol en su sitio, se cruza de brazos y, mientras Clemente reúne las monedas exactas, se queda mirando a una chica que pasea a un perro.

A Clemente el humo del cigarrillo le quema los ojos.

JAVI NO VA A LA ACADEMIA DE INFORMÁTICA. DESPUÉS DE acabar con Mila se le quitan las ganas. Atravesar Madrid en metro, llegar casi hasta Ventas, un poco más allá de Manuel Becerra, dos horas de clase, no le apetece.

—Llévate unas latas de atún —le ha dicho Mila.

Mila, muchos días, tengan sexo o no, le regala conservas, galletas, cantimpalitos, almendrados, frutos secos, yogures, cosas así. Javi cree ver en esa prodigalidad un encubierto pago a sus prestaciones. No es tal la intención de Mila. Agradecimiento, en todo caso. Un flujo de cariño que roza la preocupación maternal. Mila ve en Javi el hijo que no ha tenido ni tendrá ya con Lorenzo. Mila ve en Javi el amante que ya no tiene ni tendrá en Lorenzo. Ese es el enorme lío que Mila se trae con Javi, el lío que tantas noches la mantiene con los ojos de par en par mientras su marido duerme la mona al otro lado de la cama.

Javi sale a la glorieta de Quevedo y toma el metro, con transbordo en Cuatro Caminos, hasta Valdeacederas. Vive por allí, en Rosa de Silva, una callecita estrecha que comunica Bravo Murillo con Reina Mercedes, barrio modesto de comerciantes y trabajadores, que se va llenando de inmigrantes, a un paso de los pisos y apartamentos caros de Capitán Haya, de las imponentes torres de la Castellana, ir y venir de oficinistas y ejecutivos hasta que la noche siembra de prostitutas las aceras.

Recuerda Javi, pensando en qué hacer, un partido de la Liga de Campeones que echan por la televisión. Ahora Merche, cuando llegue a su casa, se creerá que el plantón se debe a eso, cuando resulta que él no es, ni mucho menos, un maniático del fútbol. Ni sabe qué partido es exactamente. A él le gusta ver en la tele los partidos más emocionantes, los decisivos, las finales, alguno del Madrid y del Barça, pero no está pendiente.

Ni tiene afición suficiente como para tragarse un partido sin compañía. Su hermana, la Tere, seguro que no ha venido a casa. Ésa es muy futbolera. Lleva una vida muy rara desde que está currando en lo de la línea erótica, muchas noches, la mayoría, se queda en el piso en el que trabaja. Esta historia le trae a Javi de cabeza, su hermana soltando marranadas por el teléfono, pero la Tere dice que pagan bien y que se ríe mucho de los pardillos que llaman.

—Un trabajo que no se puede comentar con nadie no es un buen trabajo —le dice Javi.

—A cualquier camarera le miran las tetas y se tiene que aguantar. Te lo digo yo, que he sido camarera —le contesta la Tere.

—Una camarera puede decir bien alto que es camarera, y tú te tienes que andar con mentiras y disimulos.

—Cuando trabajé en el Meliá no había día en que no se me insinuara un tío. Tú te hubieras puesto enfermo de haberlo visto. Y no te digo nada si haces el servicio de habitaciones, ya puedes estar preparada. Y si cuidas niños, como yo cuidé, tarde o temprano el papá se te arrima.

—No me convences.

—Ni quiero. Tú déjame a mi bola, que yo en tus cosas no me meto.

—¡Eres mi hermana!

—Sí, la mayor, y para cuando tú vas, yo ya he vuelto.

—¿Qué quieres decir con eso?

—Que no me des la barrila.

—Una hostia es lo que te voy a dar algún día.

—¿Sí? Pues pide prestados los huevos que te faltan.

Desde niños, la Tere y el Javi, como el perro y el gato. Se adoran.

Javi decide darse una vuelta por el bar de los Cecis, Ceci padre y Ceci hijo, y allí se encuentra con los habituales de esas horas más algunos de ocasión atraídos por el partido, que resulta ser una semifinal entre el Manchester y el Bayer Leverkusen.

Ceci hijo le saluda desde el otro lado de la barra.

—¿Qué te pongo?

—Una clara.

—Tienes por ahí —Ceci señala un lateral del bar— a Jose y a Luismi.

—Vale.

Luismi trabaja con su padre en una pescadería. Javi se dirige hacia la zona de mesas y deja atrás, en los taburetes de la barra, a don Julio, que moja churros en la cerveza; a Eva, la maestra, embebida en la lectura del periódico, que siempre empieza por el final; a Fanny, la ecuatoriana, la de la agencia de viajes, que no habla nunca con nadie; y a don Octavio, el relojero, que pasa metódicamente una servilleta por el asiento antes de sentarse. Hay más gente conocida, de todos los días, pero a todos éstos Javi los distingue por su nombre.

El Jose, nada más llegar Javi a la mesa, hace intención de levantarse, y Luismi le sujeta por un brazo.

—Estate quieto, coño —le dice.

—Yo me abro —dice el Jose.

—¿Tanta prisa tienes? —le pregunta Javi.

—A mi viejo le gusta ver los partidos conmigo, y yo no me acordaba de que había partido. Éste —por Luismi— no me deja marcharme.

—Ahora te piras —le dice Javi mientras se sienta a la mesa—. ¿Cómo van?

—Ni puta. ¿Quieres? —Luismi le ofrece a Javi un porro.

—Paso.

Jose toma el porro, le da una calada y se lo devuelve a Luismi.

—No deberías fumar de eso —le dice Javi a Jose—. No te sienta bien.

—Estoy en forma.

—Tienes los ojos que se te salen.

—De no dormir.

—Ya.

Llega Ceci con la clara de Javi, que deja sobre la mesa con un pincho de tomate y sardina.

—No me fuméis de esa mierda aquí, cojones —dice Ceci—, que mi padre se mosquea.

—¿Sois de la brigada anti-vicio o qué? —suelta Luismi.

—Ni brigada anti-vicio ni hostias. Que mi padre se mosquea, joder.

—Tu padre no se entera, tío —dice Luismi.

—Sin enterarse. ¿Te crees que es gilipollas? Esto apesta.

Luismi le enseña a Ceci el porro por la mitad.

—No lo voy a tirar ahora, tío —dice.

—Haz lo que te salga de los cojones.

Ceci se da media vuelta.

—Se ha *cabreao* —dice Jose.

—Normal— dice Javi.

—Que le den —dice Luismi.

El Jose se levanta otra vez.

—Me largo. A mi viejo le gusta...

—Eso ya lo has dicho —le corta Luismi.

—Pues me voy. *Cuidao* con los coches.

Jose, la cara encarnada, algo húmeda, se va definitivamente.

—Cada día está más flipao —dice Luismi—. La tiene tomada con los coches.

—Por lo de su madre.

—Ya lo sé, pero eso fue hace diez años.

—Y tú, dándole petas.

—La culpa, yo.

Luismi y Javi miran sin ver hacia el televisor.

—¿Y Merche? —pregunta Luismi.

—Bien —responde Javi.

El Manchester eliminado.

TERE SIRVE A JAVI UN VASO DE SUNNY DELIGHT, SABOR tropical. También, café. Una luz primeriza entra por la ventana de la pequeña cocina que da a un patio encalado y abarrotado de tendederos.

—¿Quieres Phoskitos? —ofrece la hermana.

—Sí.

Tere saca de un armario de formica una caja de Phoskitos y la deja sobre la mesa al alcance de Javi. Tere lleva unas zapatillas azules de felpa, sin talones, y un pijama verde con elefantitos morados. Se ha recogido el pelo en coleta con una goma. Tere se sienta junto a su hermano y toma su café. Javi abre la caja de Phoskitos y extrae de ella un bollo y una figurita de E.T. con la que juguetea mientras desayuna.

—¿Qué miras? —pregunta Tere.

—Nada.

—Me estás mirando.

—Puedo mirar al techo.

—¿Tengo mala cara?

—Tú sabrás.

—Acabo de levantarme, ¿qué cara quieres que tenga?

—Yo no digo nada.

—No hace falta que digas.

—¿Quieres bronca?

—No tengo ninguna gana de bronca.

—Pues parece.

Durante unos instantes Javi y Tere toman sus cafés y sus zumos en silencio.

—Qué raro —dice Javi.

—¿Qué raro qué? —pregunta Tere.

—Que hayas dormido en casa.

—Cuando duermo porque duermo, cuando no duermo porque no duermo.

—Últimamente te veo poco.

—Y cuando me ves, ¿no tienes cosa mejor que decirme?

—¿Qué quieres que te diga?

—Tú sabrás.

Javi volvió a casa del bar de los Cecis y fue a la cocina a dejar las latas de atún y beber un vaso de agua. Notó la presencia de la hermana en un tambor de detergente y un frasco de suavizante que vio sobre la mesa. No se oía el televisor, ni había luz en el salón. Javi se acercó a la puerta del dormitorio de Tere, cerrada, puso la oreja y no oyó nada. Imaginó que dormía y prefirió no molestarla. Llamó a Merche, que sacó a relucir lo del partido y le hizo un interrogatorio escueto. Le recriminó por no haber ido a la academia. Javi se hizo un sándwich con Bimbo, chorizo y margarina. Estuvo un rato chateando y escuchando música en el ipod, para no despertar a la hermana, y se fue a la cama con unas revistas de videojuegos.

—Gracias por el café —dice Javi.

—A mandar —contesta Tere con ironía.

—Estoy tratando de ser amable.

—Serías mucho más amable si tú me hicieras el café a mí.

—¿Qué te pasa, Tere?

—Si te hacen el café, lo normal es que des las gracias.

—¿Qué te pasa?

—¿A mí? Nada.

—Te pasa algo.

—A todos nos pasa algo. ¿Tú estás bien?, ¿estás bien con Merche?

—¿A qué viene Merche ahora?

—¿Estás bien en la tienda?, ¿te gusta vender galletas a las brujas?

—¿Qué brujas?

—¿Te gusta que te mangonee ese putón?

—¿Qué putón?

—La Mila, ¡quién va a ser!

Tere se levanta y se agacha para meter su taza en el lavaplatos. Javi se levanta también y deja su vaso y su taza con estrépito en el fregadero.

—¿Mangonear?, ¿quién me mangonea a mí? —grita Javi, pegándose a Tere.

—¿No sabes meter tus cosas en el lavaplatos? —Tere coge la taza y el vaso del fregadero y los deposita en el lavaplatos—. Para eso estoy yo, ¿verdad?

—A mí no me mangonea nadie, para que lo sepas.

—¿Cuesta tanto dejar las cosas en su sitio?

—¿Quién eres tú para hablar de putones?

Tere se encara con Javi.

—¿Yo? ¡Una tía decente!

—¡Mis cojones! —replica Javi agarrándose sus partes.

Tere se va de la cocina al borde de las lágrimas. Javi pega una patada al lavaplatos y se pone, muy disgustado, a mirar por la ventana. Fátima, la vecina marroquí, tiende un par de toallas enfrente.

La trastienda del comercio tiene el suelo de cemento, un par de tubos de neón y un calendario de pared en el que Lorenzo hace señales y anotaciones. El espacio no es muy amplio, acoge estanterías para el almacenamiento de género, cámaras frigoríficas, las taquillas de los empleados, el reducido servicio y una mesa de madera con dos sillas. Hay una ventana enrejada que da al patio.

Lorenzo y Moisés, arrimados a la mesa, comparten unos berberechos y un trago. Moisés, paisano de Lorenzo, se ha jubilado del ayuntamiento y, con tal motivo, ha cogido la costumbre de pasarse por la tienda a media mañana. Viene con el *Abc*, saluda y se va derecho a la trastienda con la rutina del empleado que cada día ocupa su lugar en la oficina. Lorenzo le agasaja con un vaso y algo de picar y, si no tiene jaleo, se sienta con él un rato a comentar el periódico, a escuchar a Carlos Herrera en un transistor de bolsillo que trae el mismo Moisés o a intercambiar noticias del pueblo.

Si reclaman a Lorenzo de la tienda, Moisés se queda solo, aprovecha para mear y, para cuando vuelve Lorenzo, ya tiene cosas nuevas que aportar a la conversación. Unos días se queda una hora, otros días se queda más.

—¿Y lo del juez que ha concedido a un divorciado el derecho a visitar al perro?

—¿A qué perro? —Lorenzo no cae.

—Coño, al perro que tenía con su mujer.

—¿Tuvieron un perro en vez de un hijo?

—Tenían un perro en la casa.

—Ya.

—Te advierto que hay mucha gente que prefiere tener un perro a tener un hijo.

—Y hay mujeres que quieren más al perro que al marido.

—Los hijos traen más problemas que los perros.

—Eso, por descontado.

—Los perros son para tenerlos en el campo.

—A mí nunca me ha gustado tener perros.

—Hacen compañía.

—Ensucian y dan mal olor.

—Son muy fieles. Esos perros que se mueren de pena cuando se muere el amo...

—Hay gente que abandona a los perros cuando se va de vacaciones.

—Si no estás dispuesto a cuidar de un perro, no lo tengas.

—Están ricos estos berberechos.

—¿Te gustan?

—Sí.

—Yo no soy muy de latas.

—Yo, depende. Le he cogido afición a las sardinas. Con aceite de oliva tienen que ser. El vegetal no me sabe a nada.

—A mí me sabe raro.

—Más que raro, a mi no me sabe a nada.

—A nada, pero raro.

—Otro atentado suicida de ésos —Moisés señala el *Abc*.

—Eso no tiene arreglo.

—A ver cómo los paras.

—¿A quiénes?

—A los unos y a los otros. A todos.

—La ONU no hace nada.

—La ONU hace lo que quieren los americanos.

—Los americanos están a favor de Israel.

—Por el capital judío. Hay mucho capital judío en Norteamérica.

—El capital manda en todas partes.

—Los judíos son muy listos y muy trabajadores.

—Siempre lo han sido.

En la tienda, Mila se acerca a Javi, y Javi mira hacia Castillo, a ver si Castillo está ocupado. Siempre que Mila se acerca a Javi, Javi se sobresalta y busca a Castillo, tras el mostrador de enfrente, para ver si está haciendo algo o si puede escucharles.

—Lorenzo se va a ir este domingo de pesca... —dice Mila.

—¿Y?

—Podrías venirte a casa. Se irá temprano y no volverá hasta la tarde.

Javi se azora, busca una excusa.

—Tengo que estudiar.

—Ya estudiarás.

—Es que...

Entra una clienta, y Mila no tiene más remedio que interrumpir la conversación.

—Piénsatelo —dice Mila, volviéndose a su sitio.

La clienta se dirige a Javi.

—Muslitos de pollo —pide.

EL JOSE SE DISPONE A ACOMPAÑAR A SU PADRE AL HOSPITAL. Llevan de pruebas varios días, en busca de las causas de lo que parece una insuficiencia renal severa.

—Me tienen mareado —dice el padre.

—Ya no te queda nada, papa.

—No me queda nada para morirme.

—¡Tonterías! Hoy te dicen lo que sea.

—Lo que sea, sonará.

El padre se ha puesto un traje y se palpa los bolsillos de la chaqueta cada poco, a ver si lleva todo: la cartilla de la Seguridad Social, las llaves, los sobres con los últimos análisis, su pañuelo. Se cruzan por los pasillos, entrando y saliendo de las habitaciones, como si se resistieran a dejar la casa con la excusa de una puerta que cerrar, una luz que apagar, un papel que coger.

—¿Estamos? —pregunta el Jose.

—Tengo sed. ¿No puedo beber un vaso de agua?

—¡Pero si te van a tener bebiendo agua toda la mañana!

—¿Otra vez lo de beber y mear?

—Eso dijeron.

—¿Y no puedo tomar un vaso de agua ahora?

—Dijeron que tenías que ir en ayunas.

—¿Y un vaso de agua rompe el ayuno?

—Yo qué sé, papa.

—No te enteras de nada.

—Te lo dijeron a ti.

—Tú estabas conmigo.

—No me aclaro. Aguanta un poco.

El padre se resigna. A un paso de la puerta hace el gesto de que algo se le olvida.

—Y, ahora, ¿qué?

—Un libro, para entretenerme. Llévate tú otro.

—Yo ya me buscaré la vida.

—Llévate tú otro.

Cada uno vuelve a su habitación en busca de un libro. El padre ha sido bedel en la recepción de un colegio. Un profesor lo aficionó a la lectura, a la mejor, a los clásicos, a las grandes obras. El padre se empeñó en inculcar al hijo la pasión por leer, y no es extraño verles a los dos en sus butacones del cuarto de estar, enfrascados en sus libros. Y ese chico atolondrado, sin mucho juicio, que no terminó con bien sus estudios, hablando de Cervantes.

Bajan en el ascensor, cuatro latas.

—¿Qué te has cogido? —quiere saber el padre.

—Me estoy ventilando *Fortunata y Jacinta*.

—Ventilando. ¿Y?

—Mola.

—¿Por dónde vas?

—Fortunata la va a palmar.

—Estás terminando.

—¿La palma Fortunata?

—Parece claro que...

—No —el Jose interrumpe—, no me lo digas. El Juanito ése es un guarro.

—Un hombre venal.

—¿Venal? Joder, papa, luego dices que suelto palabras raras. ¿Qué es venal? ¿Cornudo?

—¿Cómo va a ser cornudo?

—La Fortunata le pone los cuernos a Juanito con el Evaristo.

—Venal es el hombre que se deja comprar, pero se aplica a quien es incapaz de mantenerse en una posición moral o en cualquier posición en general.

—¡Ah! Pues ese Juanito es venal total.

—¿Ya usas el diccionario que te compré?

—Lo uso, sí.

—Pues mira a ver lo que significa venal.

—¡Copiado! Me da pena la Fortunata.

—Da pena, sí, pero ella se lo busca.

—Se lo busca, pero da pena.

El ascensor llega al bajo. El padre va derecho al buzón.

—¡Propaganda!

Salen a la calle y enfilan el camino del hospital sin cambiar de acera. Unas gitanas vocean ciruelas, tomates, pimientos y cerezas. El género se exhibe en cajas de madera junto a la furgoneta de transporte, tapadera ante los guardias.

—¡Barato, barato, barato! ¡Todo barato, guapas! —gritan las gitanas revolviendo con las manos la calderilla en los bolsillos de sus delantales.

Un gitano otea la lejanía del tráfico por si llegan los municipales.

—Estas gitanas —comenta el padre—, todo el día desgañitándose, y no se ponen afónicas, menudas voces tienen.

—Unas tetas grandísimas, papa, eso es lo que tienen, si te has fijado.

—¡Qué cosas dices!

—En serio, papa, yo me he fijado en que todas las gitanas tienen las tetas grandes. Y el culo. El culo grande, también.

—¡Las habrá delgadas!

—Pero éstas que venden en la calle son todas de tetas grandes y de culos gordos. ¿Tú sabes por qué?

—¡Cómo voy a saber yo!

—Tú sabes muchas cosas, papa.

Las voces de las gitanas quedan atrás.

—¡Qué regalo!, ¡qué regalo!

Y Jose se queda a falta de una explicación de su padre sobre las tetas y los culos de las gitanas.

El hijo pregunta:

—¿Y tú qué te has cogido?

El padre sujeta un libro con la mano izquierda, pegada al costado, y lo alza a la altura de su cara para mostrarlo, pero lo devuelve rápido a su posición. Al hijo no le da tiempo a verlo.

—¡Baroja! —proclama el padre.

—¿Y de qué va?

—Baroja es el autor. El libro se titula *El árbol de la ciencia.*

—Joé, papa, ¿te crees que no me cosco? Yo ya sé que Baroja es un escritor.

—Fue.

—Bueno, fue. Que la palmó, ya lo sé. ¡Si de ese tío yo ya me leí una que me recomendaste!

—¿Cuál te recomendé?

—Una de aventuras, con un prota que tenía un nombre muy raro, Zangolotín..., Zan...

—¡Tú sí que estás zangolotino! Zalacaín, *Zalacaín el aventurero.*

—Exactamente. ¿Y ésta de qué va?

—Es la historia de un hombre al que todo le sale mal.

—¿No te estará dando el muermo? —el Jose se para y todo, para interesarse por su padre con más pro-

piedad—. Me parece que estás tú con el bajón últimamente, ¿eh?

El padre se ha detenido también. Mira a su hijo a
la cara, a sus ojos acuosos e inocentes, ve al hombre que
no ha dejado de ser muchacho, que vive en un mundo
paralelo, que jamás piensa en el día siguiente.

—¿Y cómo quieres tú que esté? —pregunta el padre levantando la barbilla.

—De buen rollito, papa, de buen rollito —el Jose
palmea cariñosamente en los hombros a su padre.

—De buen rollito. ¡Ya!

Están a una manzana del hospital. Una ambulancia
se dirige a la puerta de urgencias. Reanudan el paso.

—Y si ese libro te da mal rollo, pues lo dejas y ya
está, ¿qué obligación tienes tú de leer ese libro?, ¿tienes
obligación?

El padre se aflige un poco más, su hijo no se entera de nada.

—No tengo ninguna obligación, desde luego —dice con una ironía inundada de pesadumbre.

—Ninguna —confirma el Jose—. Porque tú, ¿cuántos libros te habrás leído tú? Mil, lo menos. ¿O no?

—Por ahí.

—¡Pues como si no lees ninguno más!

JAVI LLEGA A LA PLAZA DE LOS CUBOS EN LA CALLE PRINCESA. Ha quedado con Merche en la bolera de una cervecería alemana situada en el pasadizo que comunica la plaza con la calle Martín de los Heros. Las terrazas están llenas y hay colas a la entrada de los cines.

En la puerta del Vips, un mendigo con puesto fijo, cada vez más gordo y congestionado, hace guardia sentado en una tumbona. Sujeta por la correa a un cocker que le han dejado en custodia e, indiferente al perro y a los clientes que entran al establecimiento, agita y hace sonar, sin pronunciar palabra, un cubilete en petición de limosna. Otros días exige mil euros.

Javi compra un paquete de chicles en el Vips y sale a escape porque llega tarde a su cita. El vigilante de la entrada, de brazos cruzados, le obsequia con una mirada huraña, y el mendigo vuelve a hacer sonar su vaso con idéntica desgana.

Merche está plantada junto a la puerta de la cervecería, al lado de un gran cartel que anuncia las especialidades de la casa. Mal síntoma.

—¿Qué tal, churri? —Javi besa a Merche en los labios.

—Han quitado la bolera —Merche se deja besar sin mover un músculo.

—¿Han quitado la bolera?

—Te lo dije. Te dije que habían quitado la bolera.

—¿Estás segura?

—Acabo de verlo, Javi. Entra tú, y lo verás.

—¿Para qué voy a entrar yo si ya lo has visto tú?

—No me preguntes que si estoy segura.

—Es una forma de hablar.

—Pues vale.

Merche le había advertido a Javi por teléfono, al acordar su plan, que habían quitado la bolera. Se lo había comentado una amiga. Javi se había mostrado incrédulo. Un compañero de la academia le había dicho, sólo hace unos días, que había estado jugando en la bolera. Merche estaba convencida de que su amiga estaba en lo cierto. Javi sostenía la versión de su amigo. Ahora Merche y Javi están molestos: Merche, por no haber sido escuchada, y Javi, por haber metido la pata y por saber que Merche puede llevar su enfado a una posición hostil o de ventaja.

Los dos miran al suelo. Javi sabe que el siguiente movimiento le corresponde. Sabe que Merche está esperando a que proponga algo. Sabe que lo más probable es que sus propuestas sean rechazadas. A Javi no se le ocurre nada.

—¿Nos vamos a quedar aquí toda la tarde? —interrumpe Merche las cavilaciones de Javi, justo en el tono que Javi más puede temer.

Pero Javi no se deja arrastrar por su primera reacción, responder de mala manera. Hace acopio provisional de paciencia, se traga media docena de palabras peligrosas, aspira una buena dosis de oxígeno sedante y la devuelve al aire transformada en una vaharada de untuoso cariño que quiere ser balsámico e irresistible.

—Nos tomamos una cañita, ¿te parece?

Y muy pegado a esto, para hacer casi imposible un recurso de Merche a una respuesta desapacible.

—Estás muy guapa, Mer.

Y, entonces, además de llamarla Mer, como en los mejores momentos, le acaricia la tripita.

Merche acepta la estrategia de la descompresión.

—Bueno —dice.

Javi empuja la puerta de la cervecería y deja pasar a Merche, que avanza hacia el interior con una parsimonia desangelada y expectante. Javi se distrae en el culo de la chica, bien apretado dentro de su vaquero, y en esa zona lumbar con pelusilla que la cintura del pantalón, muy caída, deja ver. Javi se felicita por tener una novia tan hermosa, y hasta simpatiza con el pequeño tatuaje que Merche exhibe al borde mismo de su nalga derecha. En su día fue una sorpresa que Javi recibió sin entusiasmo.

—¿Ves como sí han quitado la bolera?

Es lo menos que podía decir Merche cuando ya sólo les queda elegir entre barra o mesa.

—Sí, bonita.

—Te lo dije.

—Sí.

El local está casi vacío. Los camareros, ataviados con ternos vagamente bávaros, se cruzan de brazos. La bolera, que estaba al fondo, ha desaparecido y, en su lugar, han ampliado, hasta un número que parece difícil de llenar, el área de mesas.

En una de ellas, ante unas cervezas negras, Javi le cuenta a Merche que el padre de Jose va a tener que ir a diálisis dos o tres días por semana, no sabe seguro, y Merche le dice a Javi que eso es un coñazo, que a un vecino suyo, un señor muy mayor, le viene a buscar una ambulancia para llevarle a la diálisis, porque ya no puede andar, y Javi le dice que Jose no le ha dicho nada de ambulancias.

Luego, Merche le cuenta a Javi que le van a avisar para un casting; y enseguida se le nota a Javi que eso de los castings no le gusta nada porque vuelve a hablar de los tíos guarros que se ponen ciegos de mirar; y Merche le dice que no empiece; y Javi prefiere dejar el asunto para mejor ocasión, aunque le fastidie, no vaya a ser que la tarde se tuerza más de lo que está.

Entonces Javi pone una mano allá por donde el tatuaje de Merche y con la otra, agarrando bien su nuca, la atrae hacia sí y la besa en la boca hasta que sus lenguas acaban por juntarse.

—La colonia que llevas, ¿es nueva? —pregunta Javi.

—Es la de siempre —responde Merche.

—Parece distinta —insiste Javi.

—Pues es la de siempre.

—Ah.

—Lo que pasa es que hoy me he puesto un body milk diferente —aclara Merche.

—Eso será.

—¿Te gusta?

—Sí.

Y vuelven a besarse hasta que Merche anuncia que tiene un pis.

—¡Antes te mato yo! ¡Te mato! ¡Te voy a matar yo!

Javi, fuera de sus cabales, recorre de un lado a otro el cuarto de Tere a zancadas. Se para, se revuelve el pelo, se muerde los nudillos, mira al techo, da una patada a la pared.

Tere, sobre su cama, se abraza a sus piernas y esconde su cabeza entre las rodillas. Llora, moquea, y un hilo de sangre, que se limpia de vez en cuando con una mano, le baja a la barbilla desde la comisura de los labios.

El puñetazo que le ha dado Javi en plena boca la tumbó sobre la colcha.

—Tengo algo que contarte —le dijo Tere a Javi—, pero tengo miedo de que te enfades. Prométeme que no te vas a enfadar.

—¿Estás preñada o qué? —preguntó Javi.

Javi, siempre tan machista, casi provoca el enojo de Tere, que se siente obligada a contenerse.

—Si estuviera embarazada, sería cosa mía, ¿no? —dice Tere con suavidad.

—Hombre, no sé, hasta cierto punto —responde Javi, dando a entender que se tomaría un embarazo de su hermana como causa personal y no precisamente de la mejor manera.

—Es algo peor —Tere avanza hacia su revelación.

—¿Algo peor?

Javi se lo piensa.

—¿No habrás abortado, y estarás enferma o algo así? —Javi hace su pregunta señalando a Tere con el dedo índice de su mano derecha.

—Algo peor —musita Tere.

—¿Algo peor? ¿Tienes el sida?, ¿te metes?, ¿has robado?, ¿te van a llevar al trullo?

Tere niega con la cabeza.

—Ojalá —dice.

—¿Ojalá? —repite Javi.

—¿Me prometes que no te vas a enfadar?, ¿me lo prometes? —suplica Tere.

—No sé, procuraré, pero me lo estás poniendo muy difícil. Suéltalo ya.

Javi coloca sus brazos en jarras y se queda mirando fijamente a su hermana, que, sentada en el borde de su cama, baja la cabeza y juguetea con el cordón de la capucha de su chándal antes de empezar su confesión.

—¿Sabes lo de la línea erótica?

Javi la interrumpe.

—Me lo temía. ¿O sea que la cosa va por ahí? A ver.

El puñetazo que le abrió el labio le llegó a Tere al explicar que empezó a hacer servicios sexuales...

—¿Servicios sexuales? —volvió a interrumpir Javi, ahora a gritos—. ¿Qué quiere decir eso? ¿Trabajas de puta?, ¿eres puta?, ¿eres una puta zorra?

Tere levantó la cabeza, se retiró de la cara su preciosa melena, miró a su hermano aterrada, implorante, y, cuando asentía ligeramente, le cayó el puñetazo en plena boca. Javi se abalanzó sobre su hermana y continuó golpeándola, puñetazos y bofetones, hasta que Tere consiguió escurrirse, acurrucarse en posición fetal y protegerse la cara y la cabeza con los brazos. Javi paró y se echó a llorar.

Tere estaba obligada a contarlo todo y lo contó: que había empezado manteniendo sólo charlas eróticas por teléfono, que comenzó a tener proposiciones de los clientes para quedar, que ellos...

—¿Quiénes son ellos? —interrumpió Javi.

—Los jefes...

—Sigue.

Que ellos la trasladaron a otro piso y la convencieron para mantener encuentros con los hombres que la solicitaban, que después le proporcionaron un apartamento, que comenzó a ganar mucho dinero, pero que ellos le quitaban casi todo a cuenta de los gastos del apartamento y la publicidad...

—¿Qué publicidad?

—La de los periódicos... —susurró Tere.

—¿Sales tú en esos anuncios de los periódicos? Enséñamelos, ¡quiero verlos!

Tere estaba aterrorizada, veía a su hermano fuera de sí, volvería a golpearla en cualquier momento y, aunque primero dijo que no tenía ningún anuncio, pensó que lo mejor era obedecerle.

Abrió el cajón de su mesilla, sacó una carterita azul de bolsillo con un Piolín estampado por fuera, la abrió, hurgó en su interior y extrajo un pequeño recorte de periódico, no mayor que una caja de cerillas, que Javi le arrebató y leyó de inmediato:

«AVA, 21. Ninfómana. Quiero arrodillarme ante ti y comértela entera. Después haré lo que tú desees. Griego profundo, francés tragando, beso negro, lluvia dorada. Depilada. Recibo sola y desnuda. Zona Azca. 100 Euros.»

Y después, un número de teléfono. Javi terminó de leer y miró a Tere con un odio que daba miedo. Tere dio un paso atrás, a la espera de otra tanda de puñetazos.

Javi, de pronto, tiró el recorte al suelo, se abrió la bragueta de los pantalones y los dejó caer a la altura de sus tobillos. Tere dio otro paso atrás y chocó con la mesilla.

—Javi, ¿qué haces?

Javi se le echó encima y extrajo su pene de entre los calzoncillos.

—¿Quieres comérmela?, ¿no quieres comérmela entera? Pues cómemela. ¡Vamos!

Tere, paralizada.

—Javi...

—¡Chúpame la polla, anda!

Javi se lanzó sobre su hermana, y la agarró del pelo, y trataba a tirones de que Tere se agachara a la altura de su sexo.

—¡Javi!, ¡Javi!, ¡Javiiiii...!

Los aullidos de la hermana, pronunciando el nombre de su hermano, eran roncos y desgarradores. Le salían del estómago.

Javi soltó a Tere de improviso, y Tere, que estaba acorralada en un rincón, se escabulló, gateando de forma grotesca sobre la cama, hasta el otro lado de la habitación, y se acurrucó contra la pared, incapaz de huir.

Javi reparó en una fotografía, colocada en un portarretrato, sobre la mesilla de Tere. A él también le temblaban las piernas. Se recolocó los calzoncillos y se subió los pantalones. Tomó la foto.

Ava Gardner. Ava Gardner posando para una imagen publicitaria de *Forajidos,* melena brillante y

de carbón, labios pintados, un ajustado vestido negro, sonriente, luminosa, equívoca, insinuante, esplén-
dida.

—¡Ava! —dijo Javi con la foto entre las manos—.
Ava Gardner. Para esto te ha servido tu Ava Gardner,
¿no? Desde los trece años, dando la vara con la dichosa
Ava Gardner. ¿Para esto coleccionabas sus fotos y sus
videos?, ¿para esto la imitabas, fumabas como ella y te
peinabas como ella?, ¿para esto decías que ibas a ser
actriz? Tú vendrías a Madrid y te meterías a actriz. Eso
decías. Para esto. Para terminar de puta. La puta Ava.
¡Cojonudo!

Javi dejó caer el portarretrato al suelo, y el cristal
se hizo añicos, desiguales pétalos de vidrio en torno al
rostro de la actriz.

Javi miró a su hermana.

—Ven, sigue contándome.

—Me pegarás.

—No, te prometo que no y te pido perdón. ¿Te he
hecho daño?

—Queda lo peor.

—¿Queda lo peor?

—Sí. Me vas a pegar otra vez. No quiero que me
pegues.

—¿Hay algo peor todavía?

—¿Me prometes que no me vas a pegar?

—Te lo prometo.

Tere se sentó sobre la almohada y siguió contando: que hacía tiempo que quería dejarlo, pero que no se atrevía a decírselo a los jefes...

—¿Quiénes son los jefes?

—No los conozco. Son unos cabrones. Mafiosos.

—¡Dios!

—Yo no sabía quiénes eran, yo sólo estaba en contacto con un tipo...

—Sigue.

Que..., por fin, se atrevió, que se lo dijo a ese tipo, que los jefes no permiten que lo deje, que dicen que han invertido mucho en ella, que dicen que les debe mucho dinero, que dicen que..., que dicen que...

—¿Qué coño dicen, Tere? ¿Qué cojones dicen?

—O les doy un millón o me cortan el cuello.

—¿Un millón de euros?

—¡No jodas! De pesetas.

Tere rompe a llorar de nuevo. Javi la mira con desesperación y empieza su recorrido de león herido y enjaulado.

—¡Te mato!, ¡antes te mato yo!, ¡te mato!

Tere no puede contener el llanto y el hipo. Le ha entrado una tiritona. Devastada, con los ojos muy abiertos, Tere balbucea con voz de niña asustada:

—Javi, ¿qué vamos a hacer?

—DAR UN PALO A UN BANCO —DICE JOSE.

Javi dudó mucho de si contarle o no contarle a Jose lo de su hermana. En el tiempo que lleva en Madrid no ha hecho amigos de confianza. A Lorenzo, su jefe, no se lo puede contar. Ni mucho menos a Mila, habría que oírla. A Merche, bajo ningún concepto. Esta Merche es una chica juiciosa, que busca abrirse paso en la vida con la ambición de situarse bien y de forma ordenada.

A sus padres, ni comentar. Javi y Tere están reñidos con los padres, que no estuvieron de acuerdo con que los hermanos se fueran a Madrid. Las últimas Navidades no las pasaron en el pueblo. Como para salir ahora con éstas. Los padres querían que Javi se quedara a trabajar en el bar, y así ahorrarse el contrato de un camarero, cada seis meses buscando uno, porque no conviene otra cosa que los contratos temporales. La madre se ocupa de las tapas en la cocina y el padre atiende la barra, pero siempre necesita de una persona más. Es el negocio familiar, y al padre le hubiera hecho ilusión que Javi se fuera haciendo cargo, a la espera de ver por donde respiraba Sandra, la pequeña, la niña de los ojos de Javi, que todavía es una cría de Primaria. A Tere le habían ofrecido un empleo seguro en la residencia de ancianos del valle, a punto de inaugurarse. Pero Tere, claro, tenía sus fantasías.

—Tú y tus fantasías —decía la madre—. Ya veremos en qué acaban.

La Tere se ha hecho puta, mamá, papá, pero, con un millón, la mafia le perdona la vida y no se habla más del asunto. ¿Tenéis un millón por ahí?

Javi está destrozado, se tortura imaginando —no lo puede evitar— las cosas que tiene que hacer su hermana, cómo la tratan sus clientes, lo que ella les dice. No le ha preguntado nada, no quiere conocer los detalles. Sólo imagina. Y se siente culpable de no haber cortado por lo sano cuando Tere le habló de la línea erótica. Ese mismo día tenía que haberle partido la cara. Es lo que hubiera hecho su padre. Al fin y al cabo, él ocupa el lugar del padre. Así lo ve, pero no ha sabido estar a la altura.

¡Y la quieren matar! La matan si los abandona, la matan si no paga, la matan si va a la policía. Está atrapada, la muy idiota. Tiene que seguir hasta tener el dinero, hasta que se les ocurra algo.

—Yo la comprendo y la disculpo —ha dicho Jose, muy serio, al escuchar el relato de Javi.

—¿Cómo que la comprendes y la disculpas? —Javi se indigna.

—Por supuestísimo. La vida está muy chunga, tío. Cada uno hace lo que puede. Lo que importa es el fondo de la persona.

—¿Pero tú eres gilipollas o qué? —Javi se desespera—. Le cuento lo que le cuento, y me habla del fondo de la persona. ¿Tú estás mal?

—No la tomes conmigo, Javi. Yo estoy como estoy, tú ya sabes, y podía estar mejor si hubiera nacido con más suerte. Pero tu hermana es tu hermana, ¿me entiendes?

—¡Manda huevos! Que mi hermana es mi hermana, dice.

—¿O no?

Javi se queda mirando al infeliz de Jose. No da crédito.

—No te lo tenía que haber contado —niega con la cabeza—. El gilipollas soy yo.

—Eso que dices me ofende, Javi. ¿Tú te crees que yo no sirvo para nada? Yo tengo ideas, mucha psicología, conozco al ser humano.

—¡Pero cómo me habla éste ahora!

—Tu hermana tiene buen fondo.

—¡Lo que a ti te pasa es que te gusta mi hermana!

—Por supuestísimo. No lo niego.

—¡Y te pone cachondo!

—Yo la respeto.

—No te hace ni puto caso. Te ha dado calabazas. ¿No la vas a respetar? ¡A fuerza de pajas!

—Ten cuidado, Javi, estás entrando en mi vida privada. Si yo me hago pajas pensando en Tere es cosa mía y de ella...

—¿De ella? Las pajas que tú te haces pensando en ella, ¿son cosa de ella?

—A lo que voy es... O sea...

—O sea, ¿qué?

Jose se ha atascado en sus razonamientos.

—Es que me lías, Javi.

—¡Olvídame!

Los dos amigos guardan silencio. Cada uno da vueltas a sus deshilvanados pensamientos ante un par de latas en el bar de los Cecis.

—Mi idea es que es tontería pedirle dinero a un banco cuando luego se lo tienes que devolver con intereses...

—¡Olvídame!

—Deja que te exponga...

Javi mira para otro lado con gesto de fastidio.

—A un pringao, con perdón, como tú, un banco nunca le va a dar un préstamo, con lo que tú ganas...

—¡Anda que tú ganas mucho!

—Te lo paso por alto —sentencia Jose—. Si tú sabes que no vas a poder devolver un préstamo, casi lo mejor es ir y cogerlo directamente, y así no creas falsas expectativas. ¿Para qué engañarse y engañar?

Javi se ríe.

—¿De qué te ríes?

—Jose, tienes la olla peor de lo que yo pensaba.

—Ríete, pero yo vengo meditando esto hace mucho tiempo. Luismi dice...

—¡El que faltaba para el duro! ¡Luismi! —dice Javi dando un manotazo al aire.

Jose mira a Javi con desaliento, se echa para atrás en su silla y bebe un trago. No dice nada. Respira hondo.

Javi, preocupado, conciliador.

—¿Te cabreas? Lo siento, Jose. A ver, ¿qué dice Luismi?

Jose, el hombre, está dolido, en efecto, porque su amigo no le presta la debida atención. No sabe si responderle o no. Se decide al fin, se inclina hacia Javi.

—Javi, yo no soy un tipo venal.

EL TATUAJE DE MERCHE ES UN OSO, CUERPO DE HUEVO Y cabeza de balón, con sus patas y sus brazos, con sus orejas como asas, un osito azul sobre el campo poroso de la nalga derecha, piel morena bajo un trigal de vello rubio.

Javi acaricia el osito, lo masajea con la yema de un dedo que humedece en su boca.

—A ver si se va con la saliva —dice, y refrota el osito con el dedo burbujeante.

—¡Cómo se va a ir con la saliva, tonto! —le responde Merche—. Antes se iría con el agua y el jabón, en la ducha.

Es noche de calima, bruma de bochorno que desdibuja la ciudad. Javi y Merche, desnudos, descansan y se miman, tendidos en la cama del chico, después de haber hecho el amor con la luz apagada, en la penumbra de mosto negro y plata que pinta la ventana abierta al patio, el visillo blanco, tenuemente movido por el aire lento, velando la intimidad de la pareja.

Merche, boca abajo, apoya su mejilla izquierda en la almohada sobre sus manos entrelazadas y Javi, con los pies hacia el cabezal de la cama, se recuesta sobre un brazo ante el culo perfecto de la muchacha.

—¿Por qué te hiciste un oso, Mer? —pregunta Javi.

—Es mi animal preferido. Desde pequeña.

Javi se coloca sobre la espalda de la chica, se estruja contra ella y la abraza con fuerza por el cuello como si la hubiera capturado y abatido de un salto.

—¿Soy yo tu oso?

Merche se queja.

—Que me ahogas...

Javi afloja y reclina su cabeza sobre la nuca de la chica.

—Si yo fuera un animal, ¿qué animal sería? —pregunta Javi.

—A ver, a ver...

Merche se lo piensa.

—Tú serías..., tú serías como un ciervo, pero sólo visto desde adelante, así como muy robusto, recto, estirado...

—Y sin cuernos, ¿no?

—¡Bobo!

Javi le da un pequeño mordisco a Merche en el cuello.

—Y si yo fuera un animal, ¿qué animal sería yo? —pregunta ella.

Javi se arrodilla y se sienta sobre el culo de Merche. La contempla, ve sus pechos aplastados por el peso del cuerpo, que asoman ligeramente a ambos lados del tórax, y, abriéndose paso con las manos, como palas, los aprieta con los dedos y oprime los pezones de la chica, que pronto se endurecen.

—Mmmm... ¡Una vaca!

—¡Anormal! —protesta Merche sin moverse—. Venga, di, ¿qué sería?

Javi se ha excitado.

—Una yegua. Una yegua negra, de carreras, siempre dispuesta a ser montada...

—¡Cerdo!

—... por un ciervo.

—¡Guarro!

Javi tiene su miembro erecto.

—¡Ponte a cuatro patas! —pide Javi palmeando sonoramente el culo de Merche.

—¿Ya? —pregunta Merche mientras obedece.

—Sí, ya.

Javi toma del suelo un condón y se lo coloca, mientras Merche abre sus piernas y se le ofrece. Los dos cuerpos se ajustan para acoplarse, y Javi penetra a Merche con un empujón que la chica recibe volviendo su cabeza hacia el chico, mojando sus labios con la lengua y emitiendo un gemido de placer.

Javi la embiste un par de veces, tres, cuatro, y Merche retira con una mano su melena hacia un lado del cuello, dejando libre el perfil que muestra a Javi cuando se vuelve a mirarle, jadeante, cinco, seis, siete, con la vista nublada por los párpados que suben y bajan.

Javi, de pronto, se sale de Merche, busca otro camino y entra en él con violento ahínco. Merche se estremece.

—¡Ay, ay! ¡Me haces daño! ¡Javi, no!

Merche cree que, como otras veces, Javi le va a hacer caso. Pero Javi insiste.

—¡Javi, así no! ¡Por el culo, no!

Javi la sujeta con fuerza por las caderas, pero Merche se tira hacia adelante y se le escapa. Javi se recuesta sobre sus talones y se queda quieto. Merche se da la vuelta con rapidez y se sienta sobre la almohada. Los dos, frente a frente.

—¡Javi! ¡Así me haces mucho daño! ¡Te he dicho mil veces que así no me gusta!

Merche espera que Javi diga algo, pero Javi no dice nada, sólo mira hacia abajo y respira rápido y fuerte.

—¿Qué te pasa, Javi? —pregunta Merche angustiada.

Javi no responde, pero se inclina despacio hacia Merche, se tumba sobre la cama y hace descansar su cabeza contra el vientre de su novia.

Merche, más preocupada que enfadada, acaricia con dulzura la cabeza de Javi, revuelve despacio su pelo.

—Javi, ¿qué te pasa?

—Perdona, churri.

—¿Qué te pasa, Javi?

La sombra de Ava entre las sombras, lo que el aire mueve.

A LA SALIDA DE LA ACADEMIA DE INFORMÁTICA, ALLÍ ESTÁ EL Jose.

—¿Qué haces tú aquí? —se sorprende Javi.

—Como un clavo —certifica el Jose.

—Como un clavo, ¿para qué?

—Para lo que hay que estar.

Se despide de Javi una chica con gafas, muy pálida.

—A ésa le pones, tío —se pronuncia Jose.

—¿A ésa?, ¿porque me ha dicho adiós? —Javi la ve irse.

—No. Porque te ha sonreído con el chichi.

—¡Joder!

—Aténte a las consecuencias.

Javi y Jose echan a andar por Alcalá. Jose, al trote-cillo.

—Ya has fumado.

—¿Yo? Negativo.

—Siempre que andas así, como a saltitos, es que estás emporrado.

—Negativo bis. ¿Entramos en materia?

—¿Qué materia?

—El palo al banco.

—¡Olvídame!

—He averiguado muchos detalles.

—Te los guardas.

—¿Guardas? No hay guardas en la sucursal.

—¿Qué sucursal?

—La que conoce Luismi.

—¡Luismi!

—Luismi va todos los días a cambiar billetes por monedas. Está junto al mercado.

—¿Qué mercado?

—Eso ya te lo diré más adelante.

Javi se para en seco y se encara con Jose.

—¿Me das la barrila y te callas cosas?

—Perdona, Javi, pero yo siempre he visto en las pelis que no conviene que todos los de la banda conoz-can todos los pormenores.

—¿Pero qué banda, gilipollas? —Javi empuja a Jose.

—Tú y yo. Y la Tere. La Tere, por el coche, para abrirnos. Con tres, lo hacemos.

—¡La Tere! ¡Se caga!

—Como máxima beneficiaria, tiene que colaborar en el transporte.

—¿Y Luismi?

—Luismi, nada. No está interesado. Lo suyo es la pescadería. Aquí actúa de informante.

—¿Y qué dice?

A Jose le brillan los ojos, se le agrandan todavía más las pupilas.

—Te veo, tío. Te veo en el ajo.

Javi reanuda la marcha. Jóse le escolta.

—Ya tengo un buen contacto —prosigue Jose.

—¿Quién?

—El ciego de la esquina.

—¿Un ciego?

—Ciego, pero legal, tronco.

—¿Pero cómo te vas a fiar de un tío que no ve?

—Coño, Javi, no ve, pero oye y huele un pedo de avispa a un kilómetro, lo sabe todo, está todo el puto día en la esquina del banco vendiendo cupones, sabe cuándo llegan los furgones...

Javi vuelve a pararse.

—¿Los furgones?

—Tranqui, tío. Los furgones no son nuestro tema, pero, punto primero, los furgones traen y llevan pasta, y, punto segundo, los furgones tienen guardas con pipas a los que no conviene ver el puto morro.

—¡Olvídame!

Pasa un camión de los bomberos alborotando la calle con su sirena.

Proclama Jose, solemne:

—Cuando el bosque se quema, algo suyo se quema, señor conde.

—¿Qué leches dices?

—Nada. Un chiste que tiene mi viejo en un libro. ¿Lo pillas?

—No le veo la gracia.

—Como los condes y esa gente tienen fincas y tal, o sea, cuando la tele trae la noticia de un incendio...

Javi brama:

—¡Que lo he pillado, coño, pero que no le encuentro la puta gracia...!

Jose se queda cortado, decepcionado, y Javi echa a andar de nuevo. Jose se recupera y le sigue, al ataque.

—No te has percatado de lo mejor.

Javi, suplicante:

—Que lo he pillado, Jose, que lo he pillado, pero que no me hace gracia. ¿Te entra en la chola que no me haga gracia un puto chiste?

—Te estoy hablando del plan.

—¿Y qué es lo mejor del plan, Jose?, ¿que el ciego nos va a prestar el bastón para abrir la caja fuerte a bastonazos?, ¿que el ciego va a encañonar al cajero con el bastón?

Eso le duele a Jose, y ahora es él quien se para.

—Mira, Javi, punto primero, como chiste tiene menos gracia que el mío, que no es mío, que es de mi padre el libro, o sea, un libro de chistes que él tiene...

—Ya, ya...

—Punto segundo, me duele, ¿eh?, me duele que yo me esté tomando mis molestias para sacarte del marronazo, o sea, del marronazo que te estás comiendo con la puta Tere, o sea, perdón, digo puta en el sentido...

—Vale, Jose, vale...

—...Y me desprecias el esfuerzo y las ganas de enrollarme.

Javi se compadece, se rinde, se entrega.

—¿Qué es lo mejor del plan, Jose, según tú?

—¿Según yo?

—Según tú, sí.

—Según yo, o sea, lo bueno del plan, que no te has enterado para nada, ¿eh?, es que el banco está en una esquina.

Silencio.

—¿Y? —a Javi no se le ocurre nada.

—Pues que para abrirnos tenemos dos calles a elegir: —Jose extiende sus brazos en ángulo recto— ésta y esta otra.

—¿Pero no íbamos a abrirnos en el coche de la Tere?

—Por si falla, Javi. Por si falla el coche, y tenemos que salir cagando fresas.

—Vale. Perfecto. Yo creo que, para primer día, ya hemos tocado varios temas.

Javi le habla a Jose como se habla a un niño enfurruñado y terco, cuya voluntad hay que doblegar a base de fingidas maneras.

—Si te parece, Jose, lo dejamos por hoy, ¿eh?, y, a partir de este momento, hablamos de cualquier otra cosa. Por ejemplo, ¿qué tal está tu padre?

—Bien, gracias.

Silencio.

—No quieres hablar de tu padre —constata Javi.

—Sólo quiero informarte de un detalle más del plan.

—¿Uno?

—Uno.

—¿El último por esta noche?

—El último.

—A ver.

—Has mencionado el tema de las armas...

Javi da un respingo.

—¿Las armas? Yo no he dicho nada de armas.

—Has hablado de encañonar al cajero...

—Sí, es verdad.

—¿Es o no es eso mencionar las armas?

—Sí, Jose, lo es.

—¿De acuerdo?

—De acuerdo.

—El tema de las armas, muy importante, está solucionado.

—Puff, bien, me alegro.

—¿Quieres saber cómo?

—¿Cómo?

Jose subraya cada sílaba.

—Vamos a conseguir las armas en una tienda de Todo a 100.

Javi traga saliva, la poca que le queda en la boca después de un día de calor y cansancio, y asiente con la cabeza.

—Muy bien. ¿Podemos irnos para el barrio?

—Podemos.

—Pues vámonos.

Los dos amigos se dirigen hacia el metro. Jose sonríe a Javi. Satisfecho.

MERCHE ESTÁ A PUNTO DE DESFILAR EN EL SALÓN DE UN gran hotel. La llamaron de la agencia, hizo el casting a escondidas de Javi y la eligieron. Va a pasar ropa de invierno diseñada por un pequeño consorcio de firmas catalanas deseosas de introducirse en las tiendas de moda de Madrid y alrededores.

No le suena ningún nombre, ninguna marca. Le da igual. Sabe que el material es de medio pelo. Pero le interesa que la vean, el dinerillo que va a ganar y, quién sabe, tal vez haya en el lugar un cazatalentos que la rescate para un catálogo de Zara o de Mango. Merche, por cierto, posa muy bien, y no le importaría ser modelo publicitaria.

Merche ha mentido a Javi, se ha inventado un requerimiento de su madre para hacer juntas unos encargos y, con la complicidad de Clemente, se ha tomado la mañana del sábado libre para escaparse al desfile. Merche no se siente culpable por haber engañado a Javi, porque Javi la tiene tomada con los desfiles. Es un obsesivo, como ella dice. Y, además, no tiene ni idea. Javi se cree que el mundo de la moda es una orgía continua, Sodoma y Gomorra, y no sabe lo mucho que hay que aprender, sacrificarse para estar bien, mantener el peso, cuidar el pelo y la piel, llevar vida sana, beber mucha agua, comer mucha fruta, dormir, hacer ejercicio, ir arreglada. No, el Javi no sabe nada, y es demasiado celoso y demasiado mandón. Bueno, eso, como casi todos los chicos, ni más ni menos.

—Y tú, ¿no estás depilada? —le suelta a Merche una compañera.

—¡Pues claro! —replica Merche mirándose los muslos instintivamente.

—Si no te has depilado ahí, digo. El coño, hablando mal y pronto —insiste la otra.

Merche, en bragas y sujetador, vuelve a mirarse y, con rapidez, sentada como está, cierra sus piernas, sobresaltada por si se le ve algo.

—¿Depilarme ahí?, ¿para pasar ropa de invierno? —se extraña.

—¿No te lo han dicho en la agencia? —la colega insiste con un asomo de mala intención.

—¿Y qué le habían de decir? —tercia otra que conoce cómo las gasta la preguntona.

—Pues que nos prefieren depiladas, por si acaso.

—Depilada, bonita, te preferirá tu novio.

—Yo, por si no lo sabes, no tengo novio.

—Claro, a ti te basta con los novios de las demás.

—¿Te he hecho yo algo a ti?

—¿A mí? ¡Ni se te ocurra!

—¡Pues qué mal rollo!

—El que tú llevas encima.

—¡Allá vosotras!

La chica se aleja unos pasos, y la valedora de Merche le mira el culo con desprecio.

—No sé que se cree este putón —dice.

—¿La conoces? —pregunta Merche.

—De otras veces. Es un zorrón, y siempre anda malmetiendo. ¡Me pone mala!

Las dos muchachas están esperando a que les avisen las asistentas para ponerse su ropa. A otra chicas las están peinando y maquillando frente a los espejos. Algunas ya están preparadas, y las costureras les hacen los últimos retoques. Hay demasiada gente en poco espacio, un espacio improvisado en un salón pequeñito. Muchas voces a la vez, risas, mucho lío.

Merche se siente acomplejada por lo que le ha dicho la otra.

—Oye, ¿pero tiene razón? —pregunta a su amiga.

—Hombre, depende de lo que vayas a hacer. Para pasar lencería, conviene. Es imprescindible, vamos —le explica con tranquilizadora calma—. Pero para pasar chaquetones y abrigos, ya me dirás tú. ¿Tienes novio?

—Sí.

—¿Y a tu novio no le gusta que te lo depiles? Te lo pregunto en buen plan, ¿eh?

—No me ha dicho nada —responde Merche desorientada—. ¿Y al tuyo?

—¿Al mío? Ya le he dicho: depílate tú, no te jode.

Merche se ríe.

—Yo me hago el biquini, eso sí. Y me dejo el pelo muy cortito, por si las moscas. Además, tengo muy poco. ¿Tú tienes mucho?

Merche se encoge de hombros.

—No sé, lo normal.

—Pues hazte el biquini por seguridad. No está de más estar preparada.

—¿Preparada para qué?

—Para todo, supongo. ¿Y con el tanga?

—Yo no uso tangas —dice Merche—, no me gustan.

—Esa seguro que lleva un hilo dental.

Las dos se ríen y miran a la aludida, que les observa a distancia y con distancia. Con superioridad.

—Es que me pone enferma, los aires que se da. Y es que un día, ¿sabes?, desfiló con la Janeiro y salió en una revista.

—¿La Janeiro?, ¿quién es ésa?

—La Jesulina, la hermana del torero. Tú no te coscas, ¿eh?

—Sí, la Jesulina, es que no caía por el apellido —se justifica Merche.

—Salió en una foto en el *Diez minutos* y se cree la de Dios. Pero ya sabemos que ha salido en más de una revista, aunque no desfilando precisamente.

—¿Ha estado de novia de algún famoso?

—Presumir, presume. Pero lo que sabemos todas es que salió en bolas en el *Interviú*. Ella lo niega, pero se han visto las fotos. ¡Es más guarra! ¡Como que me llamo Tania! Porque yo me llamo Tania, ¿y tú?

—Merche.

—Pues encantada, Merche.

—Lo mismo.

Las llaman a vestirse.

Y Merche siente que va a desfilar como si estuviera desnuda.

JAVI CONTEMPLA A LORENZO, DESDE LA ORILLA, CON PESADUMbre y culpa. Ve a un tipo contento, afable, ilusionado y sabio en su quehacer. Caña en mano, con su gorrilla, sus botas altas de goma, su ropa ancha y su chaleco, Lorenzo, en esta mañana limpia y fresca, no parece en absoluto el hombre derrotado, abotargado y débil de la tienda.

Ni estudiar, ni pasar el día con Mila. Lorenzo se descolgó con una invitación a Javi para que lo acompañara en su domingo de pesca.

—¡Si yo no tengo ni idea! —Javi intentó escabullirse.

—¡Ni falta que hace! Tú te vienes conmigo, tomas el aire, almorzamos, charlamos y aprendes. Verás cómo te lo pasas estupendamente.

Cuando Mila se enteró, se puso como un puma.

—Y tú, a ver qué te explicas, ¿no tenías que estudiar o qué?

Javi no supo contestar. Atemorizado, se encogió de hombros. Mila se dio media vuelta y se volvió a la caja echando chispas.

—¡Lo que faltaba! —escupió la mujer entre dientes.

Javi se juró cortar, como fuese, con Mila.

Lorenzo sale del agua.

—Se respira, ¿eh? Esto es media vida.

Rebusca en su cesto.

—Mira. A esto lo llamamos ninfa —dice, mostrando a Javi un señuelo que empieza a instalar en el anzuelo—. Esta es una ninfa libélula, que es la ideal para aguas paradas. Mírale los ojillos, qué maravilla, es nailon quemado. Vamos a probar. A ésta hay que manejarla con tirones muy suaves, ya verás.

Lorenzo, en el coche, en ruta hacia un embalse cercano a Madrid, se había manifestado con una locuacidad desconocida para Javi. Todo se lo explicaba.

—A mí me gusta, ¿sabes?, la pesca en aguas quietas o lentas, la pesca de lance ligero. Ya no estoy para más. El vadeo en aguas vivas me cansa, aunque los fondos sean firmes y seguros. Yo he ido a todas las posturas, pero ahora no estoy para mojarme. Mira los árboles, se mueve algo de viento. Si en el embalse sopla el viento, y las aguas se encrespan un poquillo, nos irá mejor la jornada. Y, bueno, ¿cómo van esos estudios?

—Bah, tirando.

—¿Tirando sólo? Tienes que aprovechar, lo que no hagas ahora no lo vas a hacer nunca. El comercio es una tumba, te lo digo yo. Todos los días, lo mismo. Y está de capa caída. Las grandes superficies nos van a llevar a todos a la ruina. Cada vez entra menos gente en las tiendas, ¿no te has fijado?

—Sí, quizás.

—¡Seguro! La informática tiene mucho futuro, todo va ahora por ordenador. ¿Tú qué estás haciendo?

—Analista programador de aplicaciones en Windows.

—¡Coño! Eso es chino para mí, chaval.

Lorenzo pretende que Javi pruebe a lanzar la caña, pero Javi prefiere limitarse a mirar. Lorenzo no insiste. Hasta llegar al lugar que ocupan, han dado un paseo, después de dejar el coche, por la ribera del río. Lorenzo le ha hecho fijarse en unas estaquillas de los ribazos.

—Son de sauce. En algunos cotos, las ponen ahí para estabilizar las orillas. Con el estaquillado, la trucha se siente más cómoda, coge más confianza para acercarse a la orilla. A la trucha le gusta curiosear por las orillas en busca de larvas de mosquito, de grillos chiquitines...

Lorenzo ha cobrado ya cuatro peces, uno de ellos de considerable tamaño.

—Ésta debe estar rondando el kilo, poco le faltará —ha dicho.

—¿Y eso es mucho?

—Hombre, es bastante.

Javi se ha ido metiendo en materia. Pregunta no sólo por cumplir, sino porque, poco a poco, se siente interesado de veras.

—Oye, Lorenzo, y una trucha así, ¿cuántos años tendrá?

—No depende del peso, pero a ésta puedes echarle tranquilamente unos ocho años, quizás algo menos, por ahí andará.

Al rato, Lorenzo propone almorzar. Se retiran a unas piedras, en una arboleda, y Lorenzo saca un *tupper,* lomo con pimientos, y prepara unos bocadillos abriendo el pan con su navaja. Javi le observa como si Lorenzo estuviera haciendo una operación complicada.

—Es una Fisherman —alza la navaja—, muy buena. ¿Lo ves? Tiene de todo: tijera, alicate, desescamador, hasta diez usos tiene. Inoxidable, claro. ¿Tienes apetito?

—Pues sí.

—¡Natural! El aire y el madrugón dan hambre. Esto es para ir tirando, no te creas, que luego iremos a una venta a comer de fundamento. Nos solemos juntar ahí una peña grande a comer, a comentar y a echar unas partidas. El plan tiene que ser redondo, como Dios manda. Hay puristas, como en todo, que no son partidarios de parar a echar un bocadillo. Dicen que las primeras horas son las mejores, que los peces aprenden poco a poco. Será verdad, pero yo ya no estoy para purismos, sino para disfrutar de lo que me apetezca. ¿Qué?, ¿está bueno?

Javi, que mastica, asiente con la cabeza. Lorenzo le tiende una botella de vino que ha puesto a refrescar en la orilla.

—Echa un trago, anda, para empujar y para entrar en calor. También he traído un termo de café con leche.

Javi no tiene frío. El sol ha cogido altura, brilla sobre las aguas del pantano y se cuela entre las ramas de los árboles. Han desaparecido algunas brumillas que estaban suspendidas sobre la superficie del embalse, y la difusa luz gris azulada de la primera hora ha dejado paso a una claridad transparente y dorada que resalta todos los colores.

Las truchas malheridas se revuelven en el cesto. Javi repara en ellas, y Lorenzo se da cuenta.

—¿No tendrás tú pena de los peces? —pregunta.

—No, qué va.

—Ah, bueno, menos mal. Mira —y señala con un dedo—, un par de kilómetros más arriba hay lo que se llama un tramo sin muerte. ¿Sabes lo que es eso? Pues que allí es obligado devolver los peces al río. Los pescas, los libras del anzuelo y, hala, los devuelves al agua. Yo a eso no le veo la gracia. El daño ya está hecho. Suele haber más pesca que aquí, pero, ya te digo, no le veo la gracia.

Tras el almuerzo, vuelven a la orilla, y Lorenzo tiene un rato bueno. El cesto se va llenando. Se escuchan voces y ruidos de motores al otro lado de los árboles.

—¡Se jodió! —dice Lorenzo.

Javi se vuelve hacia atrás y ve llegar a dos parejas con cinco chiquillos.

—¡A tomar por culo! —remacha Lorenzo—. Nos vamos.

Los excursionistas llevan mesas, sillas, neveras portátiles y una tele. Se van aproximando.

—Se acabó lo que se daba —masculla Lorenzo.

En el coche Lorenzo explica que los domingueros arman bulla, distraen al pescador y espantan a los peces. No los soporta. La pesca buena se hace en soledad, dice, o en la compañía silenciosa de otros pescadores. No tenían que haber ido al embalse, última vez, mucho mejor pillar sitio en los ribazos del río inaccesibles para los coches por la maleza. Esos no respetan nada y, si dices algo, gresca.

Llegan a una venta de la carretera, y allí todo el mundo saluda a Lorenzo. Matan la espera hasta la comida con unas cervezas. En el salón principal, con mesas de manteles a cuadros rojos y blancos, hay una chimenea apagada. Van apareciendo otros pescadores. Comen lentejas, chuletillas y tarta de Santiago. Luego, se organiza una partida de mus con cafés y pacharanes. Se fuman puros, y el humo pica en los ojos.

—Una mano más, y nos vamos —anuncia Lorenzo—. ¿No te estarás aburriendo? ¡Mira que no saber jugar al mus!

Javi dice que no se aburre, pero lo cierto es que ya se está cansando un poco. Sale afuera y llama por el móvil a Merche. Quedan para ir al cine a las ocho y media.

De vuelta a Madrid, a Lorenzo se le ha pasado el enfado. Está contento. Conduce exultante, eufórico por las copas.

—¿Te ha gustado o no te ha gustado el plan? Tenemos que volver, pero iremos a otro sitio. Conozco un recodo en el río donde las aguas están tranquilas. Te tengo que enseñar a pescar. Un chico de pueblo que no sabe pescar, a cualquiera que le digas.

Ya se ve Madrid, gris y asalmonado, a lo lejos.

LA AMBULANCIA NO LLEGA Y EL JOSE SE SUBE POR LAS paredes.

—¡Se van a cagar por la pata! —amenaza.

El padre tiene que ir en ambulancia al centro de hemodiálisis, en la calle Fuencarral, y el vehículo se retrasa ya media hora.

—Nos lo advirtieron —dice don Vicente, resignado—, nos dijeron que esto podía suceder. Siéntate y lee, anda.

El Jose está de pie y mira, impacientísimo, desde el balcón hacia la calle, intentando localizar la ambulancia entre el flujo del tráfico.

—Te crees que, por estar ahí de centinela, va a llegar antes. Llegará cuando tenga que llegar.

—¡Ya tenía que haber venido! Es una falta de respeto. Las personas tenemos ocupaciones.

El Jose se sienta de mala gana en el sofá junto a su padre.

—Ocupaciones. ¿Qué ocupaciones tienes tú, si se puede saber?

—Mis rollos.

—Tus rollos. Ya te dije que no hacía ninguna falta que me acompañaras, puedo ir solo divinamente.

—Eso ya está hablado —corta Jóse—. De ir solo, nada. ¿Y si te mareas?

—¡No me habré mareado veces! Si un triste mareo fuera el problema...

—Dijeron que lo que te van a hacer da mucho palo.

—Yo ya tengo encima todos los palos que tenía que tener. Por uno más...

—Te acompaño, y punto.

Don Vicente, entonces, deja las cosas claras.

—Pues si me vas a acompañar, hazme el favor de estarte aquí tranquilo, viendo la tele o lo que quieras. No me vayas a poner tú más nervioso de lo que estoy. Tenemos toda la tarde por delante, ya habrá tiempo de perder la calma. ¿Conforme?

—Afirmativo.

—Pues afirmativo.

Jose conecta el televisor con el mando a distancia. Un jaguar persigue a un antílope en la sabana a punto de darle alcance. El antílope, al final de su escapada, intenta lo imposible con unos últimos regates, pero trastabilla. El jaguar cae sobre su víctima y la inmoviliza. Luego se ve al depredador y a sus crías, sus fauces ensangrentadas, despedazando a su pieza, carnes rojas al aire en la quietud soleada de la llanura, cebras indiferentes al fondo, junto a una charca.

—Todos los días ponen el mismo —comenta Jose.

—Parece que son el mismo —precisa el padre—, y es que la vida es así, el fuerte siempre puede con el débil. El pez grande...

—...se come al chico. Siempre dices lo mismo.

—No hay más que decir.

Suena el timbre de la puerta.

—¡Ya están aquí! —dice el padre mientras se incorpora.

—¡Se van a cagar por la pata! —repite el Jose mientras apaga el televisor.

—Déjate de líos, que es el primer día —concilia el padre.

—El último va a ser que nos tengan tirados tres horas.

—Qué exageración, no habrá llegado a media.

En la sala de espera del centro, hay cuatro pacientes más aguardando su turno. Todos son muy mayores, a excepción de un hombre, de pelo revuelto y gafas de concha, muy delgado, que no llegará a los cuarenta y que lee una novela de Tom Clancy.

—Tom Clancy, ¿lo ves? —cuchichea el Jose al oído de su padre.

—Bah, porquería.

—Todo dios dice que mola cantidad, no sé por qué no quieres que yo lo lea.

—Lee lo que te dé la gana, chico, eres muy libre. Yo te aconsejo conforme a mi criterio, allá tú.

Jose emite un rugido áspero en señal de protesta. Don Vicente no quiere polémicas y cambia de tema.

—Muy majos, los chavales, ¿no?

—¿Qué chavales?

—Los de la ambulancia, muy atentos.

—Mucho morro.

—Morro, ¿por qué?

—Por llegar tarde.

—El tráfico.

—Que salgan antes, que calculen mejor.

—Eso. Tú les vas a decir lo que tienen que hacer. Han de recoger a más enfermos, se retrasan.

—Encima la ambulancia iba llena, y yo sentado en la camilla.

—No nos van a poner una ambulancia para nosotros solos.

—Lo mínimo.

—Lo mínimo, un mercedes con una negra abani-
cándome.

Jose se ríe.

—Estaría guay.

—Y tan guay.

Viene una enfermera para llevarse a don Vicente,
y el Jose quiere acompañarlo. La enfermera le explica
que es mejor que los familiares esperen en la salita. Le
avisarán cuando ya esté preparado, le verá un minuto y
volverá a la sala. Si necesitaran algo de él, le llamarían.
El padre hace un gesto de asentimiento conminatorio,
y el hijo acepta.

Cuando Jose ve desaparecer a su padre al fondo
de un pasillo le parece más viejo y más enclenque. Piensa que un día se irá para siempre, y los ojos se le hume-
decen.

Se sienta otra vez en su silla y mira con envidia al
joven que lee a Tom Clancy. Después, saca de la chupa
su ejemplar de bolsillo de *Fortunata y Jacinta,* lo abre,
busca la página en la que se quedó, vuelve a mirar al
hombre que lee a Clancy y piensa que su padre seguro
que sabe lo que se dice, pero que alguna vez no estaría
mal leer una de tiros, o de espías, o de todo eso.

Don Vicente está tumbado en una cama, con la
espalda elevada, con la cabeza recostada en una almohada y tapado con una sábana y una manta. Está descalzo, pero vestido con su ropa, sin la chaqueta.

Al Jose, cuando lo ve, le impresiona el aspecto de la sala, varias camas idénticas alineadas, mucho aparato, mucho tubo, mucho cable y muchas máquinas —como de cabina telefónica, pero cuatro veces más grandes— a las que están conectados los enfermos. Todos quietos, todos conspicuos y dolientes, todos doblegados y claudicantes, atados a una esperanza incierta y única. Y huele a hospital y a viejo, un olor a viejo mucho más viciado y turbio que el que Jose percibe en el cuarto de su padre.

A don Vicente le han colocado las dos cánulas en el brazo izquierdo, y la visión de la sangre que sale, pasa por la máquina y entra, purificada y enriquecida, por el brazo de su padre, aturde a Jose.

—Ahora resulta que te vas a marear tú. Marcha de aquí —dice don Vicente.

—¿Estás bien, papa?

—Pues claro. De esto no se muere nadie.

—¿Fijo?

—Fijísimo.

La enfermera apremia a Jose a que abandone la sala. Jose ve a una anciana sentada en una silla junto a otra cama, y está a punto de pedir quedarse. Pero cree que a su padre le molestaría que no hiciera caso de lo que le dicen.

—Cualquier cosa...

—Cualquier cosa, le avisamos, sí —le dice la enfermera mientras le empuja suavemente hacia la salida.

De vuelta a la sala de espera, el Jose se despista adrede por un pasillo lateral. Ha tenido una idea. Una mala idea. Ha visto muebles y carritos con material y medicinas, y quiere hacer una inspección por si acaso. Por si se le ocurre algún negocio.

Está observando un cajetín lleno de jeringuillas desechables. Jose conoce gente que se pincha, pero sólo de pensar en el caballo se pone de mal cuerpo. Nunca lo ha probado. Además, total, una jeringuilla se consigue en las farmacias a poco precio. Y él, bien mirado, no quiere saber nada de yonquis. Si pillara un bote de tranquilizantes...

—¿Buscas algo?

Una enfermera le saca de sus devaneos.

—¿Yo? Nada... Me he perdido, es que he venido con mi padre...

—Pues te acompaño a la sala de espera, aquí no puedes estar.

—¡Si no hago nada!

—Por eso mismo.

Al Jose le parece que la enfermera ha sospechado de él, y no anda descaminado. En la salita no está el hombre que leía a Tom Clancy y, en su lugar, hay un señor que sujeta una muleta entre las manos y mira a la pared.

Don Vicente y Jose vuelven a casa de noche, seis horas después de haber salido. En la misma ambulancia, que hace un circuito para dejar a otros pacientes en sus domicilios.

El padre está muy fatigado, mucho. No quiere saber nada de cenar y se queja de calambres.

—Eso será por ser el primer día, ¿no?. Luego, ya nada —le anima el hijo.

—Esperemos —dice el padre.

Cada semana, los lunes, los miércoles y los viernes habrá que repetir el vía crucis.

AVA DESCANSA EN LOS BRAZOS DEL CATEDRÁTICO. UNA sábana color melocotón cubre sus cuerpos desnudos. El bronceado de Ava contrasta con la blancura rosada, casi translúcida, de la fina piel del Catedrático, moteada de lunares y puntitos rojos. Ava acaricia la fronda canosa del pecho del hombre.

—Se está haciendo últimamente una burla excesiva del garantismo, lo cual, como hombre de leyes, me preocupa. Sólo el garantismo funda plenamente al ciudadano en su condición de tal, de sujeto igual a sus iguales en derechos —está diciendo el Catedrático—. Cuando se considera desmesurado el carácter garantista de la legislación, cuando se pretende disminuir arteramente, cuando se tiene miedo de que el garantismo nos deje inermes ante el delito o de que

perdamos eficacia disuasoria contra él, ¿eso qué significa, eh?

—No tengo ni zorra idea, cariño.

—Eso significa que la democracia se está debili-
tando, ¿comprendes?

—Yo te comprendo a ti mucho, pero no comprendo casi nada de lo que dices... Vamos, en absoluto.

—A ver, en el fondo, en el fondo, ¿cuál es el mejor
sinónimo de democracia?

Ava emite un chasquido con la lengua.

—Sinónimo es cuando una palabra quiere decir lo
mismo que otra, ¿no es cierto? —pregunta Ava.

—Exactamente.

—Pues no sé, cariño, yo te diría que un sinónimo
de democracia podría ser cachondeo.

El Catedrático retira el brazo que acoge la nuca de
Ava y se sienta en la cama enfadado.

—¿Pero cómo puedes decir eso? —dice.

—Oye, qué quieres que te diga, a mí la democracia me parece un cachondeo.

—¿Pero tú no eres demócrata?

—¿Yo? A tope.

—¿Y cómo puedes decir eso?

—Pues porque yo veo que en esta democracia que
tenemos hay un montón de cosas que son un cachondeo. ¿Tú no flipas con muchas cosas?

El Catedrático se ajusta las gafas.

—Flipar, no sé muy bien lo que es flipar, aunque mi hija lo dice a cada rato. ¿Flipar es algo así como asombrarse, no?

—Asombrarse, sí, alucinar en colores... ¿Tú no alucinas en colores con muchas cosas?

—Yo...

—El otro día, por ejemplo, va y viene en la prensa que a un cura le han dado un hijo adoptivo...

—Bueno, hummm...

—O sea —Ava está lanzada—, a los maricones no les dejaban adoptar hijos por ser maricones, y a un cura, que la mayoría de los curas son maricones, sí le dejan. ¿No me negarás que eso no es un cachondeo?

El Catedrático se acalora paternalmente.

—Ava, así no se puede hablar. Mezclas churras con merinas...

—¿Que yo mezclo qué?

—Que lo mezclas todo, Ava. ¿Qué tienen que ver las parejas homosexuales con la familia monoparental...?

—¡Para el carro! ¿Lo ves? Ya me he perdido.

—¿Y de dónde te sacas tú que todos los curas son homosexuales?

—Eso lo sabe todo dios, cari, por favor.

Ava se incorpora también y queda sentada en la cama junto al Catedrático. Ava se localiza un granito en el muslo y trata de reventarlo mientras siguen hablando.

—Ya. ¿Y qué me dices de los curas que están contra el celibato porque quieren casarse, y de los curas que ya están casados, y de los curas que son denunciados por acosar a mujeres?

—Yo no te digo que no haya algunos curas que no sean unos salidos, pero lo que te digo es que la mayoría son maricones —persiste Ava.

El Catedrático se desespera.

—¡Salidos! Ahora resulta que los curas que no son maricones son... ¡violadores!

Ava renuncia a reventarse el granito del muslo, que vuelve a cubrir con la sábana, y se cruza de brazos con tranquilidad.

—La mayoría —dice.

El Catedrático claudica y se lamenta.

—Mira, Ava, para poder hablar de algo, hay que mantener cierto rigor, porque, si no, es imposible.

—¿Y qué?, ¿te ha dado a ti ahora por defender a los curas? Tú, de cura, poco, ¿eh? Que aquí no vienes a rezar, ¿eh?

El Catedrático, apesadumbrado.

—Yo, de cura, poco, en efecto —suspira—. Y ahora acabas de pasar de los curas maricones y salidos a los curas que rezan, ¿ves cómo no te aclaras?

—Me aclaro perfectamente. Rezar y follar no es incompatible, hay mucha hipocresía.

Ava consulta su reloj de pulsera sobre la mesilla.

—Huy, las siete menos cuarto. Dentro de media hora viene el obispo.

El Catedrático protesta.

—¡Ava!

—Que es broma, cari. Pero es verdad que espero a otro cliente —Ava besa al Catedrático en la mejilla—. ¿Te hago una mamadita, y te vas?

El Catedrático mira su reloj.

—Pero rapidita, ¿eh?

—¡Marchando!

Ava, mientras se reacomoda para la faena:

—Puedes seguir con lo que me estabas diciendo.

—Ya no me acuerdo.

Ava, situada.

—Estabas con lo del parecido de la democracia y eso...

—Ah, sí. ¿Sabes tú cuál podría ser un buen sinónimo de democracia?

Ava ya sólo niega con la cabeza.

—¡Ay!, cuidado con los dientes... Garantía. Garantía sería un buen sinónimo.

Dos empleados de seguridad salen de un furgón blindado y entran en el banco con una bolsa en cada mano. El Jose le pega un codazo a Javi.

—¿Lo ves? ¡Niquelao! Lo que decía el ciego, las nueve y cuarto.

Javi mira su reloj.

—Las nueve y veinticinco, si no te importa —dice.

—No me des la brasa. La cosa es como es, a las nueve y pico, como quien dice, llegan los seguratas, y nosotros quietos *paraos,* porque no interesa coincidir.

—¡Pues claro que no interesa coincidir!

—Eso he dicho, Javi, eso he dicho.

El Jose ha convencido a Javi de seguir adelante con el atraco. Están frente al banco, una pequeña sucursal que, en efecto, hace esquina en una calle no muy amplia del centro. A un lado, el portal de una vivienda y una mercería. Al otro, una herboristería, una tienda de fotografía y otro portal. En el vértice del ángulo recto, ante un ventanal, el ciego que vende cupones.

—Y no te habrás ido de la lengua con el ciego, ¿verdad? —pregunta Javi mirando al ciego con aprensión.

—Tranqui, tío. Al ciego le he sonsacado con disimulo, nada más. Me rijo por la discreción más absoluta —asegura Jose.

—Tú, regir, lo que se dice regir...

—No te oigo, Javi, no te oigo. Porque si te oigo, me cabreo. Y si me cabreo...

—Y si te cabreas, ¿qué?

El Jose toma aire.

—Mira, Javi, yo hago esto por tu hermana, a la que aprecio muy sinceramente. Si estamos, estamos. Y si no...

—Y si no, ¿qué? —Javi desafía.

Jose se ensombrece y pone una mano sobre el hombro de Javi.

—Y, si no, pues no estamos, Javi, con todo lo que eso significa.

Javi no entiende bien a su amigo, pero sospecha que el Jose está hablando de su amistad, de un sentimiento profundo que su colega guarda para él en lo más hondo de su corazón trasquilado, de su conciencia desnortada.

—¿Y ahora? —pregunta Javi, apenas repuesto de una emoción confusa.

—Ahora entramos a echar un ojo y a coger confianza.

Sin dar tiempo a más, Jose se planta en la puerta del banco y entra. Javi lo sigue. Como anunciara el Jose, no hay arco ni urna de seguridad en la pequeña sucursal, y ya están los dos dentro, a unos pasos del único mostrador, en el que un empleado atiende a tres clientes que forman cola: una mujer joven, una anciana y un hombre que lleva un maletín.

El Jose, muy resuelto, se acerca a una repisa en la que se agrupan, en montoncitos, formularios para distintas operaciones y expositores con folletos publicitarios.

Nada más entrar, han dejado a su izquierda a un guarda de seguridad que lee un periódico gratuito, sentado en una mesita, y que les ha mirado sin interés. La repisa está frente a una pared con un ficus, dos sillones negros y dos mesas en las que trabajan, separados por un archivador, otros dos empleados, que teclean absortos sus ordenadores. Más allá, a la derecha de la puerta de entrada, hay un despacho acristalado en el que se puede ver, a través de una persianilla de láminas, a una mujer de unos cuarenta años reunida con un cliente.

Javi está nerviosísimo. Toma de la repisa un bolígrafo y un formulario, que resulta ser una orden de transferencia.

—Estamos dando el cante —le susurra a Jose.

El Jose no se inmuta.

—De cante, nada. Estamos aquí, como cualquiera, para hacer una gestión.

—¿Y qué gestión es ésa, si puede saberse?

—Vamos a abrir una cuenta de ahorro —responde Jose con calma total.

—¿Vamos a abrir una cuenta?, ¿con qué dinero?

—Con ninguno. Vamos a decir que estamos interesados en abrir una cuenta. Venimos a informarnos.

—Ya.

En ese momento, la mujer que trabaja en el despacho sale y se dirige hacia el mostrador. Es rubia y viste un traje de chaqueta gris y una blusa blanca. Tiene caderas anchas y usa zapatos de tacón. Jose le corta el paso.

—Perdone, señorita, es que estamos interesados en abrir una cuenta de ahorro y queríamos saber cuánto es el mínimo que se requiere —dice.

La mujer, que lleva unos papeles en la mano, está a punto de no detenerse, pero se detiene.

—Eso te lo explica todo el empleado —dice señalando hacia el mostrador.

—Ah, bien, es que hemos puesto un pequeño negocio y...

—Sí, muy bien, el empleado te lo explica...

—Usted es la jefa, ¿no?

—La directora, sí —puntualiza la mujer.

—Es que un cliente, amigo mío, nuestro, ya me había dicho que usted era la jefa. La directora, o sea.

La alusión a un amigo cliente parece despertar una forzada amabilidad en la directora.

—¿Puedo ayudaros en algo?

—Bueno, sólo queríamos saber lo del mínimo para abrir la cuenta y lo de los intereses también, lo que nos va a dar.

Javi tiembla pensando que Jose se está metiendo en un jardín.

—Es que eso depende. Tenemos varios productos, y habría que saber cuál os conviene más según vuestro propósito.

—Nuestro propósito, o sea...

Jose se atasca, y Javi improvisa una intervención.

—Tendríamos que hablarlo contigo —dice Javi—, tenemos algunas dudas.

La mujer repara por primera vez en Javi, y su aspecto parece complacerla. El Jose advierte que Javi la ha tratado de tú y que ella ha abierto más los ojos. Siente unos celos súbitos e insignificantes.

—Es que ahora estoy cerrando un hipotecario y tengo para un ratín —mira sólo a Javi—. ¿Os urge?

—No, no nos urge. Nos pasamos otro día cualquiera.

El Jose ha querido tomar de nuevo la iniciativa, indicar que está al frente.

—Como queráis.

—Encantado —se apresura a ir terminando Javi.

—Encantada —la mujer estrecha, al fin sonriente, la mano que le tiende Javi—. Me llamo Miranda Solano.

—Encantado yo también —imita Jose—. Me llamo Jose Peña.

Miranda se dirige a una puertecita junto al mostrador, y en ese momento salen por ella los guardas del furgón con varias bolsas en cada mano. Javi y Jose les siguen, y los guardas les ceden el paso en la puerta de salida del banco.

—Ustedes primero —dice el Jose, ceremonioso.

Ya en la calle, caminan aprisa, y Javi está hecho un flan.

—¡Le has dado tu nombre! —dice.

—¿Has visto lo fácil que es? —Jose no se entera.

—Facilísimo, sí. ¡Le has dado tu nombre!

—Uno se ocupa del segurata, de los dos pringaos y de la piba ésta, todos al despacho de la jefa. Y el otro se las entiende con el tío del mostrador, que será quien saque la pasta —planea Jose.

—¿Y si hay clientes?

—Todos al despacho.

—Tú has visto muchas películas.

—Eso, como en las películas. ¿Has visto qué tripita?

—¿Cómo?

—¿No te has fijado en la tripita de la Miranda?

—¿Está embarazada?

—¡Y yo qué sé! ¿No te gustan a ti las chicas que tienen tripita, una tripita redonda y calentita para que tú pongas la cara ahí y te quedes frito?

Es domingo y Tere prepara la comida. En chándal rosa y con un mandil de flores, da vueltas a unas lentejas en un cazo. En una sartén fríe a la vez unas salchichas.

Javi, en la mesa de formica, hojea el *Diez minutos*.

—Van a estar muy buenas, a la riojana —dice Tere manejando la cuchara.

—De lata —sentencia Javi.

—Si te parece, me pongo a guisar.

—¿Tanto se tarda?

—Hay que revolverlas durante diez minutos.

—En guisar, digo.

—Prueba tú a cocinar y me lo dices.

—Paso.

—Pues si pasas, no pongas pegas.

—Si estuviera aquí mamá, diría que una mujer que tira de latas es una vaga.

—Vago eres tú, que pones el culo en la silla y no haces nada.

—Me empujo lo que tú cocinas, ¿te parece poco?

—Eres un machista asqueroso.

—Y a mucha honra.

—Parece mentira, a tu edad.

—Ahora o nunca.

—Va lista Merche, si se va a casar con un moro como tú.

Javi levanta la vista del *Diez minutos*.

—¿Y quién dice que nos vamos a casar?

—¿Ah, no?

—Nos iremos a vivir juntos cuando se pueda.

Tere le da un meneo a la sartén.

—Me da lo mismo que lo mismo me da. Tendrás que ayudarla.

—Supongo —Javi tuerce el gesto—, espero que lo mínimo.

—Y si tenéis un crío, más.

Javi se agita.

—¿Y quién te ha dicho a ti que vamos a tener hijos?

—Es lo normal.

—Más adelante.

—Tú crees que vivir con una tía es follar todo el rato.

—Tú, de follar, mejor no digas nada, ¿vale?

—¡Cerdo!

Tere, pese al insulto que mastica, se traga la desabrida puya de Javi. No tiene ganas de bronca con su hermano. Hoy no trabaja. Hace un buen día. El sol rebota desde la fachada interior del patio, enfrente, y la cocina tiene la luz de un vaso de cristal con una bombilla dentro. Tere mira hacia ese patio, hacia la ventana en la que los niños de Fátima han colocado las calcomanías de un pez azul y de un burrito rojo.

—Tú tendrías que casarte con una marroquí, que son muy sumisas.

Javi pasa una página.

—No te digo yo que no —dice—. La Zoraida está muy buena.

—¡Tiene trece años!

—Sí, y dos melones que te cagas.

—¡Qué anormal eres!

Las salchichas pegan un brinco en la sartén, y una gota de aceite quema la mejilla de Tere, que se queja.

—¡Aisss!

Javi se levanta de la silla.

—¿Qué te pasa?

Tere aparta a su hermano con el codo.

—Que me he quemado.

—Déjame ver —dice Javi mientras trata de coger la cara de Tere entre sus manos.

—Estate quieto.

—¡Déjame ver!

Javi aferra el rostro de su hermana y le localiza una manchita roja bajo el ojo derecho.

—¿Aquí?

—Sí.

—No es nada.

—Porque no te duele a ti —le suelta Tere.

—Igual se te hace una ampollita. Date un poco de crema.

—Habló el doctor.

—De la hidratante. Se lo he visto hacer a mamá.

—Venga, a comer de una puta vez.

Enrabietada por el escozor, Tere retira la sartén del fuego y lo apaga, coge el cazo de las lentejas y lo vierte sobre los dos platos que hay en la mesa. Se sientan. Javi revuelve con la cuchara. Ha estado un poco borde quizá por el nerviosismo que le produce lo que tiene que decir.

—Tenemos un plan —dice mirando al plato.

—¿Un plan de qué?

—Para lo tuyo.

—¿Qué es lo mío?

Otra vez pierde Javi la paciencia.

—¿Qué cojones va a ser lo tuyo? ¡Tu puto lío!

Tere deja de comer y mira expectante a su hermano.

—El Jose y yo hemos pensado...

—¿Qué pinta aquí ese tarado?

Javi pega un manotazo sobre la mesa.

—¡Cierra el pico, joder!

Tere se calla.

—El Jose y yo hemos pensado en...

—¿En qué?

—Hemos pensado en atracar un banco.

—¿Estás de coña? —Tere no se lo puede creer.

—No estoy de coña. Ya tenemos hasta el día.

Tere no acierta a decir nada. Cree que su hermano, aunque parezca mentira, habla en serio. Come y calla. Espera más explicaciones, si es que Javi puede explicar semejante disparate. Javi habla.

—Está todo pensado.

—¿Qué está pensado? —salta Tere.

—Ahora no te puedo decir nada. Está todo pensado, y es fácil, y tú apenas tendrás que hacer nada...

—¿Hacer yo? Ni lo sueñes. ¡Pues claro que apenas voy a hacer nada! ¡Nada de nada!

Tere se levanta, no puede parar quieta.

—Siéntate.

—¡No me da la gana!

—¡Que te sientes!

Tere se sienta.

—No te puedo explicar mucho más, porque ahora no conviene que todos los miembros de la banda sepan todo.

—¿La banda? ¿De una banda, yo? Vamos, o sea que, además de puta, atracadora. Ni de broma. Prefiero que me maten.

Javi se ríe.

—Eso ha tenido gracia, mira —dice Javi.

—No le veo la gracia.

Javi se ríe.

—Además de puta, atracadora. Eso ha estado bien.

—¡Tú eres imbécil!

—No soy imbécil. Tú eres imbécil, y te tienen cogida por el coño —Javi mueve el dedo índice, amenazante, hacia Tere—. Soy tu hermano, y hay que hacer algo.

—¿Atracar un banco?

—Lo que sea. Ya estás avisada. ¡Come!

Tere come. Javi come. Silencio.
—Están buenas tus lentejas —dice Javi.
—Son Litoral —dice Tere.

CALLAO TIENE TODOS LOS COLORES. LOS COLORES DE LAS carteleras, las marquesinas, los autobuses, los edificios, los anuncios, las señales del tráfico, los coches, los rótulos, los cristales, los pasos de cebra, las fachadas, las vallas, las barandillas, los andamios, el asfalto. Todos los colores de la gente. Gente de todos los colores. Y bajo un cielo azulísimo, sin una nube, un sol puro y caliente hace más vivos todos los colores, todas las siluetas, todas las formas, todo el movimiento. Todos los colores de los ruidos, las bocinas, las sirenas, las voces, los gritos, las carreras, los frenazos y los acelerones.

Javi espera a Merche junto a la boca del metro de Gran Vía, a un paso del cine Avenida, donde hay una cola muy larga ante las taquillas. Mira el reloj, y son las cuatro y cinco. A su lado, un nigeriano vende sobre una manta ceniceros de artesanía por la voluntad. «Por la boluntad» está escrito en un cartón.

Javi no piensa en otra cosa que en su plan. En el atraco. ¿Se lo puede contar a Merche? Lo piensa y lo repiensa. No puede. ¿Qué va a decir ella? Javi sabe que Merche no es una chica que pueda entender una cosa así. Ni lo que hace su hermana —bien claro lo tiene—, ni, mucho menos, lo que se propone hacer él. Pero, si no puede hablar con ella de todo eso, ¿qué hace él con Merche? O Merche no tiene nada que ver con él, o él no tiene nada que ver con ese plan loco que se le ha puesto por delante, a medias por Tere, a medias por el Jose.

Javi ve a los chicos y a las chicas que salen de la boca del metro y se pregunta si estarán o no envueltos en un problema tan gordo, en una situación tan peligrosa y complicada. A ver, esa chica, la chica del vaquero y la camiseta roja, ¿será furcia?, ¿estará mezclada con delincuentes? La chica sonríe, besa a la amiga que la espera, se van contentas. No, esa chica, no. ¿Y esos chicos? Esos chicos de pelo engominado y botines molones, que fuman cigarrillos rubios y hablan por sus móviles junto al intercambiador, ¿esos chicos estarán también angustiados y metidos en follones? No, piensa Javi. Esos chicos esperan a sus novias para llevarlas al cine o a merendar, y se han puesto sus camisas de cuello alto y sus pantalones chinos para gustarles a ellas y pasar juntos y despreocupados una tarde de domingo. ¿Y él? ¿Por qué está así de mal, con tantas cosas dando vueltas en su cabeza?

—¡Hola!

Merche le besa en una mejilla. Ha aparecido sin que él se diera cuenta. Lleva un vestido muy ligero, veraniego, de flores verdes y rosadas sobre fondo blanco. Esta guapa, con esa piel tan limpísima, tan luminosa, y ese pelo tan suelto y bonito, recién lavado, que brilla tanto.

—Ah, hola —Javi la besa en los labios.

—Perdona el retraso, pero hemos empezado tardísimo a comer.

Javi vuelve a mirar el reloj. Las cuatro y diez.

—No importa, ¿qué hacemos? —pregunta.

—Habíamos dicho de ir al cine, ¿no?

—¿Y qué quieres ver?

—Lo que tú quieras.

Merche se gira y mira para los grandes cartelones del cine Callao.

—Una española, no, ¿eh? —se adelanta Javi.

—Pues he oído que está muy bien.

—No, joder, paso de las españolas.

—¿Y a cuál quieres ir tú?

Javi mira hacia el Palacio de la Prensa.

—¿Otra de negros? —dice Merche—. Siempre me llevas a pelis de negros, qué afición.

—Es que son muy graciosos.

—Bueno, venga, va.

—¿Quieres un helado?

—Si tú quieres...

Javi invita a Merche a un helado de Palazzo. Ella se pide uno de pistacho, y Javi toma uno de chocolate. Con cucharilla.

La película es de bandas, con muchas persecuciones, coches destrozados y todo eso. Javi se ríe como un crío, y Merche también. De pronto Javi deja de reírse porque piensa que, al fin y al cabo, él está a punto de meterse en el fregado de un atraco, como los tipos de la película, y él no se ve en ese papel, ni quiere ser como uno de ellos. Pero también piensa en la Tere, en si la matan los mafiosos, y ya no sabe qué hacer. Mira de reojo a Merche, toda contenta, riéndose de cualquier cosa —luego dirá que no le ha gustado mucho la película—, y le da un beso de repente, y le coge de la mano, y ella le da a beber un poco de Coca-Cola de su vaso.

A la salida, no saben qué hacer, y van al Vips a mirar revistas y discos. Un mendigo pide a la puerta con un cartel que dice: «Tengo sida. Ayúdame». Y nadie le da nada.

Suben a la planta de arriba del Vips a merendar algo, y se piden unas tortitas con nata y sirope y más Coca-Cola.

—¿A tu padre le costó encontrar trabajo en Madrid? —le da por preguntar a Javi mientras sorbe Coca-Cola con su pajita.

—No. El que vino sin curro a Madrid fue mi abuelo, ya te lo he contado, pero se metió en la Renfe porque conocía a uno de su pueblo que trabajaba allí, y luego metió a mi padre.

—¡Qué suerte! Aunque yo, en la Renfe, no...

—¿Entonces?

—Tener el curro asegurado, digo, eso es una suerte.

—Ya. Tú tienes el bar de tu padre...

—Yo, de camarero, no...

—Joder, en tu propio negocio.

—Ya. Pero yo, en el pueblo, no...

—Yo, a un pueblo, tampoco me iría. Menudo muermo.

—Los pueblos tienen cosas que están bien, no te creas.

—Para un fin de semana, el campito y tal.

—No sólo eso. Hoy en día, en un pueblo un poco grande, hay de todo.

—¡Tanto como de todo!

—De todo.

—No hay cines, por ejemplo.

—¿Y para qué quieres cines si tienes la tele y el deuvedé?

—Pues por salir.

—Por salir te vas a la disco. O de bares.

—Todo el día de bares no es plan.

—Te vas de caza, a pescar, al monte...

—A mí eso no me va. Las tías no vamos de caza.

—¿No hemos quedado en que somos iguales, las tías y los tíos?

—No empieces, Javi.

—¿Nos abrimos?

—Bueno.

—¿Vamos a mi casa?

—Bueno. Tengo la regla.

—Bueno.

Javi aprovecha la ausencia de clientes para estudiar en la tienda. Tiene un examen sobre Estructuras de Programación, y se ha llevado los apuntes. Sentado en un taburete hojea sus folios tras el mostrador. No se concentra mucho, claro, ya que la clientela va y viene, y los tiempos muertos son pocos, pero exprime todo lo que puede las escasas pausas. El estudio le sirve de parapeto frente a Mila, que, al verlo desde su cubículo con los apuntes, se retrae un poco y no da la lata.

Mila ha venido hoy con gripe. Estornuda, moquea y dice que le duele la espalda.

—Yo siempre me cojo una gripe antes del verano —ha comentado—. A mí los primeros calores me matan. ¡En mi cama tendría que estar yo!

—¡Pues haberte quedado! —le ha replicado Lorenzo.

—Ahora hay mucha gripe —ha comentado Castillo con su aire pastueño.

—No te me aficiones tú a la idea de una gripe, que no podemos faltar aquí —ha prevenido Lorenzo.

—Si estamos malos, estamos malos —ha dicho Mila protestando.

—Si estás mala, a casa —ha concluido Lorenzo.

Pero Mila no se va a casa. Javi piensa que Mila no pinta nada en su cabina acristalada, sólo para cobrar, reliquia de otro tiempo, una dependienta menos. Javi pasaría la registradora —otra más moderna— al extremo de un mostrador, y tendría a Mila atendiendo y cobrando al mismo tiempo, como estarían Castillo, Lorenzo y él. Javi cree que el puesto de Mila es como el de un capataz de remeros en una galera, a ella le gusta estar ahí, sentada por encima de los demás, ejerciendo su control y su perspectiva desde un puesto de mando. Javi, en el fondo, lo prefiere así, porque Mila no se le arrima todo lo que se le arrimaría si estuviera con él tras el mostrador.

Entran unos obreros, con sus monos azules, a por fiambre, pan y unas latas para su almuerzo de media mañana. Castillo coge un mazo de chóped y se pone a cortar lonchas.

—Rodajas finas, por favor, si puedo ser —dice con buena educación el que ha pedido.

—Más finas no te las puedo cortar, que se me rompen —sentencia Castillo

—Estamos bien así, pues —admite el obrero, rubio, eslavo debe de ser.

Cuando se van los currantes, Castillo, pelotillero a piñón fijo, se cree en la obligación de hacer exégesis con Lorenzo.

—Las quieren finas para que ocupen más sitio en el pan, pero es bobada, la cantidad es la misma.

A Lorenzo el comentario le deja frío.

Mila se empina sutilmente sobre su silla porque ha entrado la Chelo, una jaquetona en la edad mediana que, a su juicio, se tima más de la cuenta con Lorenzo, que le corresponde ovejunamente.

—Lorenzo, me vas a poner cuarto y mitad de pastas surtidas, de las artesanas —dice señalando las cajas.

—¿De cuáles quieres más?

—De coco, lo menos la mitad.

—Están muy ricas, déjalas dentro de la bolsa, ya sabes, para que no se te pongan duras —Lorenzo, complaciente.

A ti sí que no se te pone dura, piensa Mila para sus adentros, cambiando el culo de sitio. Y si no piensa eso, piensa algo peor. Son unos celos absurdos y miserables, de hiel seca, los que siente por Chelo, que, sencillamente, es una mujer simpática y vistosa, desenvuelta, que anima los ojillos lacrimosos de Lorenzo sin que la cosa tenga más importancia. Pero esa reacción, esa vibración insignificante que le entra a Lorenzo al verla, descompone a Mila, desplazada por unos minutos de una atención que, por otra parte, Lorenzo nunca le dedica ni falta que le hace a ella.

Suena el móvil en el bolsillo de la camisa azul de Javi. Ve en la pantalla el número del bar de su padre, qué raro.

—¿Sí?

—Hola, Javi.

—¡Sandri!

Qué alegrón para Javi. Es Sandra, la Sandri, su hermana pequeña, la chiquitina, la niña de sus ojos.

—Sandri, bonita...

—Que os quiero invitar a mi comunión.

—¡Pero qué me dices! ¿Vas a hacer la comunión, Sandri? —Javi sonríe de oreja a oreja.

—El sábado que viene, y que quiero que vengáis, la Tere y tú.

La sonrisa de Javi se cierra un poco.

—Oye, ¿y ya lo sabe el papa?

—¿Qué?

—Que nos invitas.

—Pues claro, y dice que lo que yo diga.

—Qué bien, bonita, allí estaremos. Oye...

—¿Qué?

—¿Y qué quieres de regalo? Porque tendremos que hacerte un buen regalo...

—No sé, lo que queráis.

—¿Qué te van regalar los papas y la abu?

—Jo, no me lo han querido decir.

—Para no comprarte lo mismo, ¿sabes?

—Si me entero te lo digo, ¿vale?

—Vale.

—¿Se puede poner el papa?

—Le pregunto.

Javi oye a la niña preguntar.

—Que dice que no, que hay mucha gente.

—Ya. Bueno, cariño, qué bien, qué ganas de verte tengo.

—Y yo.

—Un beso grandísimo.

—Otro para ti.

Mila lo ha escuchado todo, y sale de su aprisco transformada, manoteando al aire.

—Lorenzo, ¡que tenemos la Primera Comunión de la Sandra!

—¿Quién te ha invitado a ti? —dice cáustico Lorenzo.

Mila se vuelve a Javi.

—Hombre, nos invitaréis, ¿no?

—Claro —contesta Javi apagado.

Está pensando en lo que se le viene encima. La Primera Comunión, el sábado. Y, de víspera, el atraco.

—¡No hay atraco!

—¿Y eso? —pregunta incrédulo el Jose.

—No hay atraco porque hay Primera Comunión de su hermanita querida —se cuela Tere con retintín.

—¿Y eso? —insiste el Jose.

—¿Y eso?, ¿y eso?, pareces tonto, Jose, joder —increpa Tere—. No hay atraco porque su hermanita del alma hace su Primera Comunión, y para tu amigo Javi nada hay más importante que su Sandri y su comunión. ¿Te coscas?

Jose escucha a Tere impávido, pero mira a Javi en demanda de una explicación. Javi no se dirige a Jose, sino a Tere.

—¡Ya te vale! Sandra es tan hermana mía como tuya, y si nos invita a su comunión, vamos a su comunión, y aquí no hay una puta palabra más que decir.

—¡A sus órdenes, mi general! Mira cómo tiemblo —Tere agita sus brazos en las narices de Javi, que se los retira de un manotazo.

Jose toma cartas en el asunto.

—Un momento, Javi, porque yo tengo un criterio a exponer —Jose emplea la redicha solemnidad de las ocasiones en las que considera llegado el momento de una reflexión profunda.

—¿Y qué criterio tienes tú, si puede saberse? —pregunta Javi con ironía.

—Pues tiene un criterio... —Tere, dispuesta a incordiar.

—¡Cállate!

Tere se calla.

—Tengo un criterio, por supuestísimo. Y mi criterio es... —Jose alarga una pausa para organizarse mentalmente— ...que un plan es un plan, y que los planes se hacen para cumplirlos. ¿Atraco, el viernes? Pues atraco, el viernes. Mi viejo siempre dice que no hay cosa peor, Javi, que no ser cumplidor. Se ha dicho una cosa, pues se cumple.

Javi toma aire.

—Vamos a ver, Jose, vamos a ver si nos entendemos. Un plan es un plan, de acuerdo. Pero si surge algo que lo estropea, pues se acabó el plan. Tú, yo que sé, vas a salir el domingo a andar en bici por la Casa de Campo, ¿no?...

—¿Yo? No. Yo no tengo bici —interrumpe el Jose.

—Ya lo sé, imbécil, te estoy poniendo un ejemplo.

—Un ejemplo que no vale, porque yo no tengo bici.

—Imagínate que tienes bici y que vas a ir el domingo a la Casa de Campo, y resulta que va y se pone a nevar. ¿Qué haces?

Jose, de pronto, se ha metido de lleno en el dilema. Se lo piensa. Mira a la Tere buscando una opinión, como si Javi estuviera planteando un asunto crucial. La Tere pone los ojos en blanco. Este tío es idiota, piensa, y enciende un cigarrillo.

—Joder, Jose —grita Javi, desesperado—, pues que no vas, que lo dejas para otro día.

Jose encuentra la luz.

—Ah, tú de lo que hablas, si te estoy entendiendo bien, es de un aplazamiento, no de una anulación del plan...

—¡Pues claro! —Javi se ensancha ante la comprensión de lo evidente.

—En tal caso, nada que objetar —concluye el Jose con seria convicción.

—Es que pareces bobo, capullo —remacha el Javi, dando un trago a su caña.

De todas maneras, por un instante, la posibilidad de la suspensión definitiva del atraco había cosquilleado agradablemente las tripas de Javi, que había notado el alivio de quitarse un peso de encima con una buena coartada y que ahora siente como el acuciante sonambulismo del Jose ha servido para comprometerle de nuevo en un propósito que le atosiga.

Javi ha reunido en el bar de los Ceci a su hermana y a su amigo para la celebración de tan importante cónclave. Toman unas cañas en una mesa apartada, elegida por el Jose, que tiene muy metido el sentimiento de pertenencia a un grupo conspirador cuyas actividades requieren de sigilo, aunque se le escapa que el bar de todos los días no es precisamente el más discreto de los lugares para una cita en la cumbre de una banda de atracadores. O sí, quién sabe.

—Tomadas las grandes decisiones, me las piro —dice la Tere haciendo ademán de levantarse y apagando nerviosa su pitillo, y Jose la imita.

—¡Quietos! —corta Javi—. ¿Qué prisa tenéis?

El Jose se reacomoda en su silla sin chistar. La Tere protesta.

—¡No tengo toda la tarde para chorradas!

Javi la perfora con su mirada, y la Tere se achanta.

—A ver, ¿qué más? —dice, retadora.

Javi inspira hondo y expira lento, como cuando se quiere dar a entender que un heroico ejercicio de contención le impide a uno, no sin dificultad, perder la paciencia.

Javi trae cosas pensadas.

—Iremos todos el viernes para el pueblo. Dormiremos en casa. La comunión es el sábado. Volveremos el domingo. Y tres cosas muy importantes: una, todo dios irá bien arreglado, con una ropa potable para la ocasión. Dos, todo dios se ocupará de llevar un buen regalo para la Sandra. Y tres, y esto va especialmente por ti, Jose, todo dios tendrá buen cuidado en tener el pico cerrado y no meter la pata, especialmente delante de Merche, que no sabe nada de nuestros planes y nada tiene que saber.

—¡Cuenta conmigo! —se apresura a confirmar el Jose con gran determinación.

—¿Puedo hablar? —dice la Tere levantando un dedo como en la escuela.

—Sí —responde Javi, escueto, temiéndose lo peor.

—¿De dónde te sacas que éste —señala a Jose— tenga que venir con nosotros?

El Jose se yergue como una gallina sobresaltada, abre los ojos y mira a Javi, que replica de inmediato a su hermana.

—Este es mi mejor amigo, y yo le invito a la Primera Comunión de mi hermana porque me sale de los cojones. ¿Algún problema?

—¡Ya lo has oído! —espeta el Jose, satisfecho, a la Tere.

La Tere mira al Jose con desprecio.

—¿Me puedo ir ya? —pregunta a Javi.

—Sí, te puedes ir ya —dice Javi.

La Tere se va, y el Jose se apresura a palmear la espalda de Javi.

—Has estado genial —dice pletórico—. A muerte, cuenta conmigo a muerte. Es emocionante lo que has dicho, de veras.

—Pues no te emociones demasiado, y toma nota: ropa buena, un regalo que guste y la boca bien cerrada. ¿Estamos?

—Por supuestísimo. Ya sé dónde pienso mangar un regalo dabuti y un traje de puta madre...

—¡Nada de mangar, imbécil! Te pillan, ¿y qué? Además, no quiero nada mangado para la Sandra, quiero que cueste, que tenga un valor, un mérito, ¿comprendes?

—Perfectamente —asegura el Jose de inmediato-. Me buscaré la vida. Cosa mía. Tú, tranqui. Está todo clarísimo. No hay pega.

—Eso espero.

—De todas formas, me permites una sugerencia.

—Di.

—Tú déjame hablar hasta el final, eh, sin interrumpir, y luego me dices, ¿vale?

—Vale.

—Sin interrumpir, ¿eh?

—Sin interrumpir, venga.

—Digo yo, si diéramos el palo el viernes, como estaba previsto, eso tendría dos ventajas: una, cumplir con los planes acordados, y dos, que con una mínima, lo que se dice mínima, cantidad de la pasta podríamos comprar una ropa buenísima y unos regalos cojonudos, sin mangar, sin gastar, a costa del banco...

El Javi se tapa la cara con las manos. El Jose comprende.

—Nada. Olvídalo. No he dicho nada.

El Javi mira fijo al Jose.

—¿Tienes alguna remota idea —le pregunta— de cómo es posible que un tipo como tú pueda ser amigo mío?

El Jose se lo piensa unos segundos.

—Digo yo que será porque soy buena gente, un tío legal, que sabe hacerse querer, ¿no? ¿No es por algo de eso?

Javi asiente con la cabeza.

—Será.

MERCHE Y JAVI TOMAN ALGO EN LA TERRAZA DE LATERAL, en la calle Velázquez, que está muy animada. Han tenido que esperar un poco hasta que una mesa se ha quedado libre. Javi insistía en marcharse, Merche quería quedarse. Javi ha pedido a Lorenzo la tarde libre para comprarse un traje. Ya son más de las ocho. Luego, Javi tiene que ir a clase, a la academia.

Javi mira hacia las otras mesas con incomodidad. A un lado, tres estudiantes yanquis, grandes, rubios los tres y uno con barba, toman cerveza, despatarrados, entre carcajadas continuas y voces altas. Al otro lado, dos chicas muy monas y muy pijas beben sendos refrescos y se hacen confidencias íntimas sobre sus amigas.

—Yo con Bea me lo paso superbién, es una tía superenrollada —escucha Javi—, pero me fastidia que sea tan egoísta para algunas cosas, ¿sabes?

Javi le pega un trago a su cubata de ron y Merche sorbe un poco de su Coca-Cola light. A Merche no le ha parecido bien que Javi se pidiera un cubata.

—¿Un cubata?, ¿ahora? —ha dicho.

Javi se ha pedido la copa por despecho, cabreado. Se ha ido cargando a lo largo de la tarde. El sitio no le gusta, no le va, no está en su salsa. Merche lo sabe.

—Pero ¿qué tiene de malo este sitio?, a ver —pregunta Merche por lo bajo.

—Lo sabes perfectamente, Mer —responde Javi.

—Ya. Que te parece un sitio pijo, ¿no?

—Exacto.

—¿Pues sabes lo que me parece a mí? —Merche no espera respuesta—. Que eres un tío muy cerrado y muy acomplejado, sólo sabes...

—¿Acomplejado yo?

—Sólo sabes...

—¿Acomplejado yo?, ¿a qué viene eso?

—Sólo sabes ir de bares. A ti que no te saquen de los bares de tu barrio. O de Callao, o de Princesa, o de Sol. Siempre, los mismos sitios. Ya estoy harta.

Javi se encara con Merche.

—¿Y no me gusta a mi ir por Huertas? ¿O por Atocha? ¿O por Malasaña? ¿Acomplejado yo? Explícame a qué viene eso.

Merche sabe que si lo explica puede haber más gresca, pero que si no lo explica, pierde una oportunidad de soltar algo que tiene ganas de soltar desde hace tiempo.

—Parece que no has salido del pueblo...

—¿Que no he salido del pueblo yo?

—Sólo sabes ir de vinos, de cañas, de tapas...

—¿Que yo no he salido del pueblo?

—Ir a esos sitios como de pandillas de amigotes, llenos de humazo, con la tele puesta...

—¿Los Vips, tienen la tele puesta?

—Los Vips, vaya rollo.

—¿Los Pans & Company tienen la tele puesta?

—Me salen por las orejas los bocatas del Pans & Company.

—¿Y ahora resulta que los Vips son un rollo? ¿No te gustan a ti los batidos?, ¿las tortitas? ¿Y desde cuándo?

—Me gustan, sí, ¡pero Madrid es muy grande! —casi grita Merche, abriendo los brazos.

Las pijas interrumpen su íntimo cuchicheo para escuchar mejor. Javi se da cuenta.

—¡Habla más bajo! —le susurra a Merche.

—¿Ves cómo eres un acomplejado? —le replica Merche también por lo bajo—. ¿Qué te importa a ti que te escuchen o no, si no te conocen de nada?

—Me fastidia.

—Eso es ser un acomplejado.

—Me estás dando mucho por culo, Merche.

—Eso es, ahora ponte grosero.

—Dijo la fina de Moratalaz.

Merche mira a Javi muy enfadada, con mucha severidad, dolida.

—¿Nos vamos? —dice Merche, recolocándose un tirante de su camiseta y echando mano al bolsito que cuelga del respaldo de su silla.

—Cuando me acabe el cubata —ordena Javi.

Y los dos se quedan en silencio, masticando su rabia.

La tarde ha estado gafada para ellos desde el principio. Javi llamó al mediodía al móvil de Merche para solicitar su ayuda en la compra del traje para la comunión de la Sandri. Javi sugirió comprarlo en la tienda de Merche, pensando que a ella le agradaría, pero Merche opinó que la ropa de su tienda, demasiado informal, no era la adecuada para una ocasión así.

—Oye, que tampoco voy a ir a una cena de gala. Es para una comunión, y punto —dijo Javi.

—Ya lo sé, tonto, pero te vale la pena, ya que te metes, comprar un traje con el que quedes bien en cualquier ocasión.

—¿Y qué ocasión voy a tener yo?

—¡Y yo qué sé! ¡Cualquiera!

A Javi, entonces, se le cruzó un cable, tal vez no por casualidad, y salió diciendo la tontería de que Merche, quizá, no quería que su jefe, el tal Clemente, la viera con él.

—¡Qué idiotez, Javi! —dijo Merche, enfurruñada.

—Ese tío está por ti, Mer —respondió Javi sin enmendarla.

—No está por mí —mintió un poquito Merche—, y, sobre todo, yo no estoy por él —ahí dijo la verdad—. Parece mentira que digas eso.

—Eso habría que verlo.

—¿El qué?

—Que no está por ti.

—Es un tío que necesita cariño, y no hay más.

—¡No te digo! Y tú se lo das.

—Yo soy amable con él, y ya —Merche fue concluyente.

Javi sabía que la cosa no daba más de sí, y no insistió. Pero se quedó un poco molesto con sus propios fantasmas que no eran otros que unos celos vagos y un afán posesivo que Merche detectaba y que le fastidiaban de Javi.

Merche propuso explorar tiendas de ropa del Barrio de Salamanca. Javi no quería ni oír hablar de comprar algo demasiado caro, o demasiado pijo, o demasiado puesto. Merche se desesperaba, creía ver contradicción entre la determinación de Javi de comprar un traje que estuviera bien y su negativa a entrar en cualquier tienda que pareciera demasiado elegante. Merche, ya sin saber por dónde tirar, le llevó a Zara, a H&M, a Springfield, y todo eran problemas y dificultades.

Acabaron, por fin, en un Massimo Dutti que hay en Velázquez.

Para entonces ya estaban enfurruñados, picados, y las cosas no mejoraron, y sólo se resolvieron cuando Merche tiró definitivamente la toalla para después tomarse la revancha, consciente o inconsciente, de sentarse en la terraza de Lateral, que le apetecía.

En Massimo Dutti, Javi se avino a reconocer que había un par de trajes que le gustaban y que, milagrosamente, le sentaban bien sin necesidad de arreglos, de coger los bajos de los pantalones y eso, pues no había tiempo para tal cosa.

Pero la polémica surgió de nuevo porque Merche le recomendaba un traje más de entretiempo, que le pudiera servir para el otoño e incluso para algún día de invierno. Entonces Javi se empecinó en elegir un traje beige, mientras que Merche insistía en hacerle ver que el color negro era más elegante y servía para más ocasiones.

—Joder, con las ocasiones, ya te vale —se quejó Javi.

Entonces, medio a mala idea, Javi tiró de un traje de lino negro, de puro verano, y dio por zanjada la cuestión, de manera que ninguno de los dos se quedó contento.

Se cruzaron acusaciones penosamente consabidas. Eres un cabezón, y no tienes ni idea. Eres una mandona, y te crees que lo sabes todo. Por debajo de los tópicos de una pelea de novios, es probable que ninguno de los dos viera claro una inadecuación entre ellos que tarde o temprano habría de darles problemas: Merche, en el fondo, es una chica que tiende al desclasamiento, que busca un futuro más allá de la barrera de su clase, estimulada por las posibilidades de ascenso social que hoy da un mundo más abierto, y Javi, en el fondo, es un chico más apegado a su origen, y no le falta razón a Merche cuando dice que todavía no ha salido del pueblo.

Pero esto ellos no lo saben todavía, aunque crean saber lo que quieren, y piensan que discuten, mandones o cabezones, sólo por cosas de gustos.

—¿Te lo acabas de una vez? —dice Merche.

Y Javi, con ostentación, apura su cubata de un trago largo, deja todo el dinero de la cuenta sobre el platillo —sin atender a un gesto de Merche que busca su monedero— y se pone en pie con violenta energía. Ya está, acabado.

Javi y Merche van hacia Goya sin cogerse de la mano, y, apenas han dado diez pasos, son alcanzados por una de las pijas que trae la bolsa del traje, olvidada en una silla.

—Ay, gracias —dice Merche sonriendo.

Y Javi no acierta a decir nada.

EL JOSE Y SU PADRE HAN VUELTO DEL HOSPITAL, DE LA HEMO-
diálisis, en la ambulancia, que ya le van cogiendo el truco a ese peregrinaje puntual y penoso, y han comentado
pormenores de la Primera Comunión de la Sandra.

—Procede que te cortes el pelo —ha dicho el padre.

El Jose se ha echado hacia atrás la melena.

—Esto —ha dicho— se lava, se moja bien mojado,
se aplasta con el peine, y listo.

—De listo, nada. Menudas greñas.

—Cada uno tiene su estilo, papa.

—Y tú tienes estilo de bandolero de Sierra Morena.

—¿Bandolero yo? ¡Qué cosas dices, papa!

Con el atraco en perspectiva, al Jose le ha dado un
salto el corazón.

—Bandolero de estampa andaluza —remacha el
padre.

—¿Bandolero yo? ¿No lo dirás por algo?

—¿Y por qué iba a decirlo? Por las pintas. Pareces «El Tempranillo» con esas patillas.

—Es que tú no entiendes. Están de moda estas
patillas.

—De moda. Hablas como tu madre, que en paz
descanse, la pobre. Esto es moda, esto está de moda,
solía decir, qué infeliz. Ahora todo lo arregláis con la
moda. Lo que cuentan son los modos, no la moda.

—Los modos y la moda, ¿no son lo mismo? —acierta a decir el Jose.

El padre mira al hijo algo sorprendido por la parte de verdad que hay en su intuitiva pregunta. Es lo que tiene el Jose, que, a veces, desde su desasistida elementalidad, deja ver el brillo de una inteligencia casual y primitiva. El padre se entristece, entonces, al avistar en su hijo unas condiciones desgraciadamente sepultadas bajo una espesa capa de confusión y atraso. ¿Qué pasó con este chico?, ¿por qué nació envuelto en niebla? Por tardío, retardado.

—No te pongas sofista, Jose.

—¿Que no me ponga qué?

—Nada.

—¿Qué es sofista?

—Míralo en el diccionario.

—Siempre con el diccionario. Dímelo tú.

—Te lo digo. Los sofistas eran unos filósofos griegos que, ¿cómo te lo explico yo?, eran muy aficionados a discutir de lo que no sabían, a discutir por discutir, que proponían con habilidad tesis falsas con mentiras o verdades a medias. Eso eran los sofistas.

—Unos tramposos de la hostia, o sea. Perdón.

El Jose sabe que a su padre no le gusta que diga tacos, palabrotas.

—Perdón —repite.

Y el padre asiente con la cabeza, perdonando.

—¿Y te parezco yo tramposo?

—Tú te lo dices todo.

—¿Y qué es tesis?

—Míralo en el diccionario.

—¡Jo!

—Es que vengo cansado, Jose.

—Vale.

El Jose ayuda a desvestirse a su padre en su cuarto. Saca el pijama de debajo de la almohada y lo coloca sobre la cama en la que se sienta el anciano. Desanudando los cordones de los zapatos, lo descalza y le saca los calcetines. El padre se quita la americana y la corbata, y entonces el Jose sale de la habitación para buscar su albornoz en el baño. Al Jose le da vergüenza la desnudez del padre, la piel blanca, fina, arrugada y colgante sobre la delgadez de los huesos frágiles y menguados, y aprovecha el tener que ir a por el albornoz para no estar delante mientras el padre se pone el pijama.

—¿Cama o butacón, papa? —pregunta el Jóse al volver mientras deja el albornoz sobre la cama.

—Cama —responde el padre—. Estoy muy fatigado. Además, tenemos que buscar el traje.

—Ya te he dicho que tu traje, no.

—Tú te lo pruebas y decides —sentencia el padre mientras se mete en la cama.

El Jose acomoda a su padre ligeramente incorporado, medio sentado sobre la almohada doblada que hace de cojín.

—A ver, abre el armario —indica el padre.

—No mola.

—Tú te lo pruebas y decides, anda.

Lo han venido hablando en la ambulancia. Don Vicente ha insistido en la conveniencia de ir presentable y aseado a la Primera Comunión de la Sandra. A un acto así se va con un traje de respeto, ha dicho. El padre sabe que el hijo no dispone de la ropa adecuada, y es consciente de que ni el uno ni el otro están para gastos. Son muy parecidos en envergadura y altura, tan flaco el hijo como el padre. Don Vicente conserva un traje negro, apenas usado, que se hizo para el homenaje que el instituto le dio cuando se jubiló como bedel. Una comida, una placa y una enciclopedia como regalo, bien sabía el claustro de la curiosidad intelectual de don Vicente, tan querido.

—Por probártelo no pierdes nada, venga, abre el armario y busca entre las perchas de la izquierda, vamos.

El padre dirige la operación haciendo señales con las manos, y el Jose, de mala gana, abre el armario de luna, un viejo armario de nogal con un gran espejo en el frente que el padre compró para equipar el primer hogar que tuvo con su esposa.

—Mira a ver, a la izquierda te digo —indica don Vicente.

El hijo alcanza y saca una percha verde de alambre y plástico de la que cuelga el traje.

—¿Lo ves? Planchado, perfecto, casi a estrenar, ni cinco veces lo habré usado.

—Ya. Pero es que ya te he dicho que yo no...

—Anda, ve al baño y pruébatelo —ordena el padre con firme suavidad.

El Jose va al baño, se quita las deportivas y el vaquero, y se pone el traje sobre la camiseta negra del grupo Slipknot que lleva. Le está bien de tamaño, las mangas un poco cortas y los pantalones algo sobrados por los bajos que se arrugan al caer. Bien de cintura. Pero el Jose, que no está por la labor, adopta una pose desganada, desgarbado, con los hombros y brazos caídos, como si fuera un muñeco articulado bajo una manta pesada. Así se presenta de nuevo en el cuarto.

—Que ni pintado —dice el padre al verle.

—Me cae de pena, papa —protesta el Jose.

—De pena, nada. Te viene al pelo, lo que pasa es que no pones empeño, así encogido.

—¿Encogido cómo?

—Encogido. A ver, saca el pecho, levanta los hombros y la cabeza, así, date la vuelta, bien de espalda, vuélvete otra vez. Bien.

—De pena —dice el Jose ante el espejo.

—Lo que pasa es que un traje no se lleva así, descalzo, con calcetines blancos y con esa camiseta de payasos...

—No son payasos, papa. Son un grupo *jevi* muy bueno.

—Si tú lo dices... Parecen payasos, con esas caras maquilladas y esas narices postizas... A lo que vamos, ese traje requiere una camisa blanca, y una corbata, y un cinturón negro, que yo te presto también. Y unos zapatos en condiciones, los negros que te trajeron los Reyes.

—Que no es un funeral, papa, que es una Primera Comunión...

—Lo sé de sobra, Jose. Pero hay que saber estar como mejor se pueda estar.

El Jose se mira los pies.

—¿Y no podría llevar los botines, que también son negros?

—Hombre, Jose, unos botines no son lo que más pega con este traje, pero se podría estudiar. Bien limpios, se podría estudiar. Pero te cortas el pelo donde Tobías, que, si no, vas a parecer un flamenco, un palmero de Peret, el del borriquito.

—¿Quién es ése?

—¿No conoces el borriquito? —el padre canturrea, divertido—: borriquito como tú, tururú, que no sabes ni la u, tururú...

—Joder, papa, y luego dices tú del *jevi*...

—Ay, Señor —suspira el padre—. El caso es que el traje te queda bien. Si lo quieres, ahí lo tienes. Piénsatelo.

—Me lo pienso. Te lo prometo. ¿Me lo puedo quitar ya?

—¡Qué prisas! Te lo puedes quitar ya, sí.

El Jose vuelve al baño, y se remira ante el espejo. Levanta la cabeza, saca pecho, echa los hombros atrás. Tampoco se ve tan mal. El Luismi tiene una camisa verde, de un verde chillón, que si se la pones a este traje, pues la cosa cambia mucho, piensa el Jose, que se va haciendo a la idea, aunque tampoco descarta buscarse algo por ahí. Mangarlo, mayormente.

—¿Te pongo la radio? —le pregunta a su padre.

—¿Te vas?

—Me voy a dar un meneo.

—Un meneo. Pero que sea corto.

—Vuelvo para comer.

—Ayer hice macarrones y albóndigas.

—¡Cojonudo! Perdón.

—Anda, sí, ponme la radio.

El Jose sintoniza un transistor que su padre tiene en la mesilla de noche.

—¿Te traigo agua? —pregunta.

—Sí, la botellita —responde el padre.

EL CRUCE ENTRE MARQUÉS DE URQUIJO, ALBERTO AGUILERA y Princesa borbotea a última hora de la tarde. Los coches que porfían por salir hacia la carretera de La Coruña forman un espeso atasco pulverizado por bocinazos y frenadas. La boca de metro de la esquina traga y expulsa a un gentío que viene y va, y se agrega a los nutridos contingentes de compradores que entran y salen de los numerosos comercios de la zona, como si la

proximidad de su cierre fuera la señal que imperativa-
mente los convoca.

Allí han quedado Javi, Jose y Merche, a sugerencia
de la chica, que pidió la cercanía de su trabajo en la tienda para sumarse a la compra de un regalo para Sandra.

Javi y Merche han superado el disgusto del otro día,
aunque les queda esa sombra en el alma que sucede a los
disgustos, esa nube reticente que no desaparece cuando
el cielo se despeja, esa sensación de amargura que, con
probabilidad, no tiene tanto que ver con lo pasado como
con la intuición de que el futuro traerá nuevas tormentas.

Tere ha excusado su ausencia. Tenía cosas que hacer,
ha dicho, ocultando a su hermano una cita desesperada
con el hombre que le reclama dinero a cambio de aban-
donar su trabajo. Tere, más Ava que nunca, se ha lavado y
peinado su larga melena negra, se ha maquillado, pintado
y vestido según su criterio de discreción y elegancia en un
ambivalente ejercicio, no estrictamente calculado por ella
en sus efectos posibles, de aparentar una atractiva respe-
tabilidad y, al mismo tiempo, conmover, tal vez seducir o
persuadir sin precio al hombre en busca de su clemencia.

Pero el hombre es un mandado, un encargado sin
otro sentimiento que no sea el de cumplir con las instrucciones recibidas, perro veterano del delito, inmune
a la compasión y alerta ante las trampas. Si algo quiere,
lo tomará por su cuenta, pero nunca en una transacción
que le inhabilite ante los que tienen la sartén por el

mango. La reunión será inútil. Si Ava se quiere ir, se va. Pero tiene que apoquinar lo que se le reclama o atenerse a las consecuencias.

—¿Qué consecuencias? —ha preguntado Tere.

El tipo ha dado una calada a su Marlboro.

—¿Por qué preguntas? —ha respondido—. Ya lo sabes. Si no pagas, tu madre se arrepentirá mil veces de haberte parido.

—¿Mi madre?, ¿le vais a hacer algo a mi madre?

—¿A tu madre? No. A tu madre, no, tonta. Tu madre solamente tendrá que mirar tus fotos para recordar cómo eras.

Frente a la puerta principal de El Corte Inglés, Javi repasa lo acordado con Jose y Merche. Decidieron hacer un regalo único a Sandra para que fuera más bueno, más caro, más espléndido. Para que no tuvieran que devanarse los sesos cada uno por su cuenta. Decidieron aportar cincuenta euros por barba. Esta cantidad fue propuesta por Javi, y contó con una débil oposición de Merche y de Tere, para las que un regalo de doscientos euros era excesivo para una criaja.

Jose, por su parte, se quejó de que la cantidad era excesiva para su bolsillo, apenas atendido por las exiguas asignaciones de su padre y por el no menos exiguo ahorro procedente de sus bisnes. Bisnes, apostillaría el padre. Javi prometió, entonces, prestar dinero a Jose, pero Jose reaccionó con su consabido amor propio rechazando el ofrecimiento y asegurando, como siempre, que se buscaría la vida.

Javi trae el dinero de Tere, toma la aportación de Merche y se lamenta de la contribución de Jose, cuarenta euros.

—Habíamos dicho cincuenta, Jose —le reprocha.

—Esto es todo lo que tengo —se lamenta Jose—. Acepto diez euros tuyos en préstamo.

Javi refunfuña, deja a Jose por imposible y localiza en su cartera un billete de diez euros. Lo deja correr.

Está en el aire el regalo a comprar. No hay tomada una decisión. El Jose se adelanta.

—Una muñeca bonita —dice.

Merche se ríe.

—¿Una muñeca? ¿Una muñeca para una chica de nueve años? ¿Pero tú en que mundo vives, Jóse? —dice Merche.

—Una muñeca de éstas de ahora, que hacen muchas cosas, que son muy modernas —insiste Jose.

—¡Joder! Le regalamos una muñeca a la Sandra, y nos la tira a la cabeza, Jose —dice Javi.

—Pues no veo el porqué. En mi casa vive una chavala que tendrá unos diez años, y tiene una muñeca muy guay. Te da los buenos días, la muñeca.

—No tendrá diez años, Jose, y si tiene diez años, y todavía le gustan las muñecas, es que tiene una mentalidad de cinco. Como tú, Jose —sentencia Merche.

—Mi mentalidad es asunto mío —se queja Jose lastimeramente.

—Bueno, basta de gilipolleces —corta Javi—. No le vamos a comprar una muñeca a la Sandra ni de coña. ¿Estamos? A ver, otra idea.

—Yo había pensado...—inicia Merche.

Jose le corta.

—Si yo fuera alcalde prohibiría los coches automáticamente —dice muy serio.

—¿Y eso a qué viene? —pregunta Merche, y Javi le da un codazo para que no siga.

Jose, rechazada su sugerencia de regalo, se ha distraído con el barullo del tráfico y ha ido a parar a su obsesión. El codazo de Javi a Merche trata de recordarle que la madre de Jose murió atropellada por un coche al cruzar en verde un paso de peatones. Merche se calla, Javi espera a ver si su amigo dice algo más o vuelve a la conversación. Vuelve.

—Una Wii —dice Jose de improviso.

—¿Una Wii? —pregunta Javi, asombrado—. ¿Pasas de una muñeca a una consola?

—Cuando una chica no quiere muñecas, lo que quiere son consolas —asegura Jose.

—¿Y eso de dónde te lo sacas? —pregunta Merche.

—Del mundo en el que vivo —replica Jose al punto, como si estuviera listo para perpetrar su revancha.

—Una Wii... —musita Javi, pensándolo.

—Una Wii, sí. Le gustará —se lanza Jose—. Llegamos, se la regalamos, la instalamos y, si nos da el muermo, podemos jugar a los bolos. O al tenis.

—La Wii no es para ti, Jose, es para Sandra —interviene Merche.

—Ya. Pero en esos días puede ser para todos.

—Una Wii... —sigue Javi—. No es mala idea. Pero creo que vale más de doscientos euros.

—Se entra, se pregunta y se decide —propone Jose.

La Wii cuesta doscientos cincuenta y cinco euros, les explica el vendedor, un chico joven, algo despectivo, que mira para otro lado mientras les habla.

A Javi, está claro, como estudiante de informática y gran aficionado al mundo virtual, la idea le ha encantado. Merche está un paso atrás, algo molesta de que Javi no le haya preguntado ni por su opinión ni por la idea que ella traía. Los dos chicos se están guisando y comiendo su propia decisión. Merche piensa que Jose influye en Javi más que ella misma. Si supiera.

—Nos faltan cincuenta y cinco euros... —se agobia Javi.

—Bueno, yo tengo treinta más —se descuelga Jose.

Javi y Tere le miran atónitos.

—Pero si tú... —comienza Javi.

—Las circunstancias mandan, como dice mi padre —aclara Jose aureolándose de misterio—. Ya haremos cuentas.

—¡Este tío es increíble! —protesta Merche, cruzándose de brazos.

—En realidad, tengo cincuenta más. O incluso más. Habría que comprar un segundo mando para que pudiéramos..., que pudiera jugar Sandra con alguna coleguilla. Ya haremos cuentas, os digo.

Javi y Merche no salen de su perplejidad. El trajeado vendedor está empezando a considerar demasiado larga y accidentada la deliberación de sus presuntos clientes. Pero aún queda lo mejor.

Jose pide un aparte con Javi y, sin que el vendedor ni Merche reaccionen, lo toma de un brazo y se lo lleva unos metros más allá.

—Sé que lo que te voy a decir no te va a gustar —dice Jose—, pero te lo voy a decir una sola vez, y tú me vas a escuchar. Digo yo que si tenemos la capacidad de dar un palo a un banco, que la tenemos, podríamos perfectamente, pero perfectísimamente, guindar la Wii.

Javi va a estallar.

—Un momento, Javi. Cosa mía. Nos vamos, os abrís. Vuelvo al rato, y yo me ocupo.

La cara de Javi indica: te mato. Jose dice:

—No se hable más. La compramos.

–SOY AVA, DIME.

—Hola.

—Hola, cariño.

—[…].

—¿Sí?, ¿hola?

—Hola.

—Dime, cari.

—Hola.

—¿Me dices qué quieres?

—[…].

—¿No me escuchas? Voy a colgar.

—No te escucho bien.

—¿Ahora?, ¿me escuchas bien ahora?

—Ahora, sí.

—Dime, cari.

—Hola.

—Te voy a colgar, eh.

—¡No! No cuelgues, es que soy un poco tímido.

—Pues no seas tímido. A ver, ¿qué quieres? ¿Un servicio?

—¿Para orinar?

—¿Lluvia dorada?

—¿Que llueva?

—No te entiendo.

—Yo, tampoco.

—¿Quieres un servicio?

—Eso, un servicio.

—¿Y qué quieres?

—No sé.

—¿Estás indeciso?

—Sí.

—Pues decídete, hijo, que no tengo toda la tarde. ¿Te puedo ayudar en algo?

—He visto el anuncio.

—Entonces ya sabes, ¿no?

—Es que tengo dudas.

—¿Tienes dudas?, ¿qué dudas tienes?

—Eso del beso negro...

—Sí...

—No sé lo que es.

—¿No sabes qué es el beso negro?

—No.

—¿En qué mundo vives tú?

—¿Yo? Aquí. En España.

—Me lo imagino. ¿Te estás quedando conmigo? Te cuelgo, ¿eh?

—¡No! ¡Espera! El beso negro, o sea, ¿es con lengua?

—Si quieres...

—¿En el culo?

—¿Dónde va a ser?

—¿Y no es una marranada?

—Oye, mira...

—¿Me vas a besar tú a mí?

—Hombre, en principio...

—Yo creía que el beso negro era que yo te besaba a ti, y tú sacabas la lengua. En principio, vaya.

—Te estás quedando conmigo. Tu voz me suena. Me suena muchísimo.

—No, no creo. Imposible.

—¿Imposible?

—Acabo... Acabo de llegar de Afganistán.

—¿De Afganistán? Habla un poco más, cacho cabrón, que estoy a punto de pillarte. Si quitaras el pañuelo del aparato...

—Estoy afónico, además, o sea...

—¿Afónico?, ¿y por qué estás afónico?

—Soy capitán, vengo de Afganistán y allí me puse afónico de la arena. Es imposible que puedas reconocerme.

—¿Reconocerte? ¡Si yo a ti te conozco! Capitán de Afganistán, y no sabe qué es el beso negro, ¡serás hijo de puta!

—Chisssss, ten cuidado con lo que dices, que yo no me he metido contigo, y los militares tenemos poco aguante. Aunque yo todavía estoy en misión de paz.

—¡Misión de paz! ¡Qué cojonazos tienes! Los tienes de acero, vamos.

—Por supuestísimo.

—¡Joseeeee! ¡Hijopu...!

Clic.

SEGUNDA PARTE
LA PRIMERA COMUNIÓN

«ME AGARRARÍA AL DIABLO SIN DUDAR…». *La Muñeca de trapo* de La Oreja de Van Gogh suena en la radio del coche. La entrada en el largo túnel de Guadarrama corta en seco la voz de Amaia, la cantante.

—¡Mierda! —dice Merche, que viene canturreando la canción con Tere.

Tere aprieta el acelerador por ver si, tomando velocidad para abreviar la travesía, alcanza la salida del túnel antes de que la canción haya terminado.

—Cuidado —dice Javi desde atrás.

—No tengo a nadie delante. Es una recta —dice Tere.

—Cuidado —repite Javi, mientras el Jose, a su lado, con los auriculares puestos, no se entera.

Es viernes, primera hora de una tarde radiante, deliciosamente primaveral, florecidos los robustos piornos de la Nacional VI entre encinas pacíficas y piedras suntuosas y redondeadas por la suave mano del tiempo, el imponente Monasterio de El Escorial casi leve, a lo lejos, confortablemente asentado en la llanura como una vaca que rumia sin prisa las horas de los siglos.

Tere, Javi, Merche y Jose van al pueblo a la Primera Comunión de Sandra. Han quedado en un Cañas y Tapas de Princesa para comer algo rápido —unos huevos estrellados y unas bravas— y tomar la delantera a toda la gente que sale de fin de semana hacia la sierra de Madrid. Han conseguido a medias su propósito, pues la circulación estaba muy lenta hasta Villalba y un poco más.

Tere se ha obstinado en conducir su Clio rojo, aunque Javi se ha ofrecido con reiteración.

—Si te cansas, lo cojo yo —ha dicho.

—No me cansaré, un par de horas nada más.

—Bueno, pero si te cansas...

—¡Qué pesado!, ¡que no!

Las chicas, delante, y los chicos, atrás. Lo que repudre a Javi, siempre deseoso de tomar el mando en cualquier situación que concierna a su hermana y a Merche.

Tere y Merche, tan distintas, no se llevan ni bien ni mal, cuando se llevan, pero hoy han elaborado un tácito entendimiento, aprovechando que el coche es de Tere, para tener la iniciativa de su parte y compensar así las habituales intromisiones del temperamento mandón —censor, inquisidor— de Javi.

—Apaga las luces —dice Javi apenas han llegado el final del túnel.

—Lo iba a hacer.

—Por si acaso.

—No te necesito de copiloto. Ya tengo a Merche. Relájate y disfruta del paisaje —dice Tere, entre los bosques de El Espinar, echando a Javi un vistazo envenenado por el retrovisor.

Las chicas se sonríen. Javi se muerde la lengua, y mira, en busca de imposible complicidad, a Jose, que observa hipnotizado los pinares desde su ventanilla, absorbido por la música machacona que escucha en su iPod.

Nada más llegar a la cita del Cañas y Tapas, Tere se ha ido a por Jose, a montarle una bronca por la llamada a su móvil, al móvil de Ava. El Jose, acoquinado, ha conseguido parar en seco a Tere con una mueca lastimosa que sugería una petición de indulto o una moratoria de la regañina ante la presencia de Javi y Merche. Lo siento, no estropees la fiesta, no me machaques delante de éstos, algo así ha conseguido transmitir el Jose a Tere abriendo los ojos como un niño asustado, juntando las manos en pose de infantil oración y señalando después con un dedo a su amigo y a su novia. Tere se ha apiadado y ha postergado su furia para mejor ocasión. Jose ha decidido, en justa correspondencia y por si acaso, pasar lo más desapercibido posible durante el viaje y no contrariar a Tere en nada, no vaya a ser que se la arme.

Aunque, inestable de criterio y memoria, si bien obediente a sus más simples pulsiones, Jose ha estado a punto de malograr su tregua con Tere al plantearse, nada más iniciado el viaje, la cuestión de la música.

Tere, sin consultar, ha sintonizado en su radio *Los 40 principales,* y Javi, nada más emerger del aparato una canción de El Canto del Loco, ha pedido un cambio en el dial.

—¿Tenemos que escuchar esa porquería de canción? —ha preguntado.

—¿Qué pasa? A mí me gustan —ha respondido Tere al instante.

—Y a mí —ha reforzado Merche.

—No comprendo cómo os puede gustar esa bazofia —se ha lamentado Javi—. Ahora sólo falta que pongan una de Alejandro Sanz, que la pondrán.

—Me gusta Alejandro Sanz —ha provocado Tere.

—Y a mí, es muy mono —ha confirmado Merche.

—Mono del zoológico —ha intervenido Jose.

—¿Qué dices tú? —ha inquirido Tere con el inequívoco tono de hacer ver que estaba dispuesta a reabrir allí mismo el asunto de la llamada.

Jose ha captado la sugerencia.

—¿Yo? Nada. No digo nada.

Javi ha mirado fugazmente a Jose, extrañado por su inmediata retirada.

—Anda, cambia de emisora —ha insistido Javi.

—No me da la gana —ha replicado Tere.

—El coche es suyo —ha recordado Merche.

—Pero aquí vamos más gente —ha argumentado Javi.

—Te jodes —ha cortado Tere—. ¿No traes tu iPod?

—Se me ha olvidado —ha lamentado Javi.

—Se siente —ha zanjado Tere.

El Jose ha visto la necesidad de descomprimir el ambiente para evitar males mayores que acabaran repercutiéndole.

—Te presto el mío —le ha dicho a Javi ofreciéndole su iPod.

—¿El tuyo? No, gracias. No quiero tener dolor de cabeza.

—¿Dolor de cabeza?

—¿Qué llevas?

—Fe de Ratas.

—¿Y eso qué es?

—Son de Asturias.

—¿Y qué? ¡Mierda *jevi!*

—No son *jevis,* son punk-rock.

—¿Me lo dices o me lo cuentas?

—No son *jevis,* Javi.

—Me da lo mismo que lo mismo me da.

—Pero no son *jevis.*

—¡Ya te he entendido! ¡*Pa ti pa* siempre!

Javi se ha acomodado con la vana intención de echar un sueño, más bien con la idea de hacer ver a Tere y a Merche que su música le resultaba, al cabo, indiferente. Jose ha vuelto a ponerse sus auriculares y se ha sumergido otra vez en una aparente invisibilidad. Tere ha elevado, poco después, sin malicia, el volumen de la radio al anunciarse una canción de Fito y Fitipaldis.

—Me encantan —ha dicho sonriente hacia Merche.

—¡Y a mí! —le ha devuelto Merche empezando a tararear.

Al rato, al parar el coche en el puesto de peaje de Villacastín —una empleada con rastas—, Jose, de pronto, ha salido a flote desde el fondo de su piscina y, pleno de satisfacción, ha dicho con su más candorosa sonrisa:

—¡Qué bien estamos aquí, ¿eh?, todos juntos! ¡La banda de los cuatro!

Se ha llevado en las costillas un buen codazo de Javi, que, hasta entonces, seguía haciéndose el dormido.

PASADOS LOS ENCINARES, Y DESPUÉS DEL CAMPO DE ALMENDROS, ya aparece, primero, el cuartel de la Guardia Civil, al comienzo de una larga recta, con la fila de plátanos a la izquierda, frente a los adosados de reciente construcción, y las huertas a la derecha, con la nueva residencia de la tercera edad aislada, en segundo término, y la enorme marquesina de la estación de servicio al final, tapando parte de la perspectiva del pueblo, ligeramente elevado sobre una colina, desigual mancha de piedra, paredes encaladas y ladrillo rojizo.

La ubicación de la gasolinera suscitó agria polémica. Muchos vecinos la querían más lejos, pero estaba en juego la instalación de un bar con terraza, y el concesionario del bar, ligado por parentesco a algún concejal del partido gobernante, tenía gran interés en no separarse demasiado del pueblo, con la clara presunción de que el bar sería más negocio en la cercanía del casco urbano, como así ha sido, pues reúne, en toda hora, amén de a los viajeros que paran a repostar, a los jubilados que llegan a él con un simple paseo y, sobre todo en verano y hacia la noche, a muchos jóvenes que buscan hacer banda aparte con sus botellines, a salvo de encuentros con padres y familiares.

La bronca por la gasolinera no fue nada comparada con el cisco que se organizó, hace más tiempo, por la tala de una larga hilera de plátanos. Se llegaba al pueblo por entre una sombreada alameda de vigorosos plátanos, ribeteada por dos caminillos de tierra, muy frecuentada por toda clase de vecinos como itinerario de paseo.

El ayuntamiento se vio obligado a talar para ampliar la carretera y cumplir con la normativa de tráfico. El pueblo se dividió en varios bandos que discutieron a muerte, según distintas sensibilidades e intereses, hasta que se optó por talar una sola hilera sobre la base de expropiar unos metros de las huertas e indemnizar a sus propietarios. Nadie quedó contento, y ahora el conflicto se reabre, pues, entre los propietarios de los adosados construidos años después junto a la fila de plátanos supervivientes, en el lado antes ocupado por prados con vacas, hay partidarios de talarlos para tener mejores vistas a las huertas y al valle y moverse con más facilidad con sus coches, mientras que otros prefieren conservarlos. Estos últimos cuentan, como es natural, con el apoyo de jóvenes ecologistas y de muchas personas del pueblo, ancianos sobre todo, que siguen utilizando su sombra como cobijo para sus paseos.

El Clio de Tere bordea el pueblo por la carretera de circunvalación y luego se adentra hacia el centro por donde la oficina de la Caja de Ahorros. Pasa después por la plaza, deja atrás la iglesia y a la izquierda el ayuntamiento y va a parar a una placita minúscula, frente al convento de las Clarisas. Ahí está la casa familiar, casa de piedra, enfoscada en color amarillento, y el bar que luce su cartel, El Torete.

TERE Y JAVI HAN HABLADO EN LOS DÍAS ANTERIORES, PARA allanar el terreno, con la abuela y la madre, pero no han cruzado palabra con el padre. Se hace difícil el reencuentro. Los cuatro sacan sus bolsas del maletero, y

Jose se distrae con el chorrillo de un viejo abrevadero de ganado, que acumula agua enturbiada por su mal drenaje y por las porquerías que echan los chavales.

—¡Adelante! —dice Javi empujando una puerta de metal y vidrio esmerilado.

Y deja pasar a Merche y a Jose mientras cruza una mirada de último momento con su hermana, una mirada que infunde ánimo y que, a la vez, viene a decir: esto es lo que hay.

El zaguán tiene grandes losetas grises, un banco de madera, una cómoda pequeña, un espejo de marco dorado, un paragüero con paraguas y bastones, un colgador hecho con pezuñas de jabalíes y algunos cuadritos. En primer término, una escalera de madera comunica con la planta de arriba y, al fondo, dos puertas se corresponden con la cocina y con un cuarto de estar-comedor, conectados entre sí por el interior.

Alertadas por el ruido de la puerta, prevenidas desde después de comer, aparecen, una tras otra, la madre, Lucía, y la abuela, Justa. Lucía, de ojos claros, no llega a los cincuenta, lleva una falda gris y un fino jersey rosa sobre el que descansa una media melena castaña a falta de un buen cepillado. Tiene caderas altas, buen tipo, la carne abundante y apretada en su sitio. La abuela, de menor altura, pelo corto y cano, con gafas sujetas a una cadenita, lleva unos pantalones azul marino y un jersey azul claro de cuello vuelto.

Lucía, que ya llora, abraza lo primero a Javi, que la besa, y luego a Tere, y después estruja a los dos juntos y los aleja para mirarlos de arriba a abajo.

—¡Estáis más delgaduchos! —dice.

—Hombre, claro, y muy enfermos, gravísimos, faltaría más —dice la abuela, ahora también abrazada por sus nietos.

Javi hace las presentaciones de Jose y Merche.

—Mucho gusto —repite por dos veces el Jose, estrechando las manos con seria solemnidad, incluso con una ligera inclinación de cabeza.

—¡Vaya moza más guapa que te has mercado! —dice Justa dando nota alta al aspecto de Merche, vaqueros y camiseta de tirantes, que sonríe con timidez y mira a Javi.

—Bueno...

La conversación no sale fácil. Fruslerías del viaje: que si han comido, que si la carretera estaba bien, que si han corrido mucho o poco...

—¿Y la Sandri? —cae en la cuenta Javi.

—Está con las amigas —responde Lucía—, y después tiene el último ensayo para mañana.

—Yo no sé para qué tanto ensayo y tanta hostia —dice la abuela.

—¡Mamá! —le reprocha Lucía.

—Perdón, pero hostias, sí, que de eso se trata.

—Mamá, por favor.

—Me callo.

—Merche y Jose, los dos extraños en la casa, se miran sorprendidos.

—¿No vais a saludar a papá? —pregunta Lucía.

Se adelanta Tere.

—Luego, cuando dejemos las cosas —dice con sequedad.

—Eso, a dejar las cosas, tiempo tendréis de saludar a vuestro padre —dice Justa.

Cogen los bultos y suben todos por la escalera.

La casa es grande. Es la casa de Justa. Su hija y su familia se fueron a vivir con ella cuando enviudó. El marido de Lucía, que era ganadero, quitó las vacas y abrió el bar. De eso hace lo menos quince años. Hasta hace poco El Torete fue también hostal, pero ahora ya no coge huéspedes.

—Os he preparado —va diciendo Lucía a Javi— las habitaciones de la solana. Tenéis que elegir, porque una tiene cama de matrimonio y la otra, dos camas, ya sabes. Yo había pensado que los chicos durmierais en la de matrimonio y las chicas, si os parece, en la otra.

—Esta hija mía es medio boba —le dice Justa a Jose por lo bajo—. Se cree que tu amigo y su novia no duermen juntos cuando les da la real gana, ¿o no?

—Yo no sé, señora —dice Jose.

—¡Bah! ¿Y tú?, ¿tú estás liado con mi nieta?

—¿Yo? —abre los ojos Jose—. Ni hablar. Yo, no, señora.

—¡No me digas señora, coño, que yo no soy una señora!

—No, señora. Perdón.

Llegan al final de un largo pasillo, y Lucía abre las dos habitaciones, a derecha e izquierda, del fondo, dos puertas que flanquean la puerta que da a la solana.

Lucía abre ventanas, indica dónde está el baño, señala las toallas, recuerda que hay más mantas, por si acaso, en los armarios. Justa la corta.

—Déjales. Ya se apañarán. Están en su casa.

Y se lleva a Lucía del brazo.

—Id a saludar a vuestro padre —dice Lucía.

—Ya irán —dice Justa.

Los cuatro se quedan solos.

—De momento —dice Javi—, nos instalamos como ha dicho mamá. Luego, ya veremos.

—¿Cómo que ya veremos? Yo no pienso dormir con éste —dice Tere señalando a Jose, que no se esperaba semejante posibilidad.

—Ya veremos, te digo.

—No veremos nada —sentencia Tere, llevándose a una Merche obediente al cuarto de las dos camas.

Los chicos colocan sus cosas en su habitación.

—Si tú quieres dormir con Merche —dice Jose—, ningún problema, ¿eh? Yo duermo con Tere, cada uno en su cama, y no pasa nada.

—¿Y qué iba a pasar, imbécil?

—Eso digo, que no pasará nada. Yo, ni tocarla.

—Anda, gilipollas, que te voy a enseñar la solana.

Los cuatro acaban por coincidir en la solana, acodados sobre el barandado de madera. La solana da a un corral empedrado en el que antiguamente se guardaba el ganado. En las paredes crece la madreselva y, por encima, en lo alto, revolotean decenas de vencejos. Una cigüeña, más allá, vuela con elegante calma hacia la torre de la iglesia. Al fondo, el valle tranquilo, cuadriculado por cercos de piedra y atravesado por el río verdoso y por la carretera del puerto, verdiazul, que cierra la llanura. El sol va decayendo, la luz es naranja.

—Mmmm —Javi respira hondo—, se está bien aquí, ¿verdad?

Nadie dice nada. Javi pone su mano derecha sobre un hombro de Merche. Jose imita a Javi y respira muy hondo.

—Me voy a dar un voltio —anuncia Tere.

—¿No vas a saludar a papá? —inquiere Javi.

—Después —contesta Tere.

Y se va.

TERE TOMA EL CAMINO QUE ASCIENDE HACIA EL PUEBLO Viejo, así llaman a un pequeño grupo de casas modestas situadas cerca de la ermita, que hoy es un barrio extramuros de la localidad, zona fétida a causa de la presencia de un par de cochiqueras, aunque, a veces, según venga el aire, la peste se atenúa un poco con el olor a pan que procede, desde más arriba, del horno de la panificadora.

La Tere está incómoda y preocupada, busca aislamiento y ventilación. No le apetece dar la cara a su padre, enfadada con él por la hostilidad con la que le ha tratado desde que se quiso ir a Madrid y, desde luego, avergonzada e intimidada por la situación a la que ella misma ha llegado. No se siente integrada en esa pandilla formada por su hermano, Merche y Jose, que ella encuentra encajada en falso, que se quiere ajena a diferencias y circunstancias que, a su juicio, le dan una cohesión engañosa. Y le agobia la idea del atraco con el descerebrado de Jose, con la ignorancia de Merche, con el desconocimiento, por supuesto, de su familia, un lío que no hace sino agravar, piensa ella, la penosa situación por la que pasa, su mala suerte en manos de delincuentes.

Tiene miedo, un miedo que la vacía y que se aviene muy mal con la celebración de la Primera Comunión de su hermanita, con el ritual forzado de fiesta al que se va a tener que prestar como si no pasara nada, como si todos no supieran que están pasando cosas muy gordas por debajo, y encima sin que todos sepan todo lo que, en verdad, va a pasar.

Tere se siente sola, muy sola. No tiene a quien contarle lo que le sucede y lo que piensa, y esa misma soledad le lleva a rehuir la compañía, a estar más sola todavía.

Tere pasa junto a la verja del instituto en el que estudió hasta hace unos años y se detiene a observar a unas chicas que juegan al baloncesto en las canchas. Ahora querría volver atrás, ser una de esas niñas, en pantalón corto y camiseta de deporte, con el pelo recogido por una gomita, que saltan, ríen y se empujan despreocupadas. Ella era una de esas crías hace apenas nada, y todo ha ido muy deprisa y se ha complicado mucho en poco tiempo.

Enciende un cigarro, y sigue hacia arriba, la cuesta más pronunciada, y pasa por la subestación eléctrica, bosquecillo de torretas de metal, todavía con aquel cartel amarillo y negro que tanto pánico le daba de niña: no pasar, peligro de muerte. Y el hombrecillo cayendo hacia atrás abatido por un rayo zigzagueante.

Pueblo Viejo tiene un bar, La Ronda, al que todo el mundo llama *El Oscuro,* pues su dueño, Tirso, lo suele tener, invierno o verano, sólo con la luz que entra por dos ventanas de mediano tamaño o, a lo sumo, con un fluorescente de poca potencia que mezcla mortecinamente con sus paredes gris verdosas.

Tere entra en *El Oscuro* y se pide un quinto de cerveza. Dos chavales juegan al futbolín y un viejo está sentado a una mesa en una silla de plástico azul.

—Hombre, Tere, por fin te das a ver —le dice Tirso mientras le pone el botellín ante una tablilla que dice: «El que está no fía y el que fía no está».

—Pues sí.

—Tiempo hacía.

—Bastante.

Tirso le saca un platillo con unos pepinillos y unas cebolletas picantes. Tere se lleva todo a una terraza con suelo de cemento que hay a un costado de la casa, bajo un toldillo de color naranja. Se sienta en una silla y se queda mirando a un burro sucio que, a unos metros, bebe agua de un arroyuelo. El sol se está poniendo, y pronto, quieta, tiene fresco. Entra de nuevo, paga y se va.

—A ver si se te ve más a menudo —dice Tirso, que friega un vaso.

—A ver —responde Tere.

El viejo no ha dicho ni palabra, siempre sentado con una cachava entre las piernas y un palillo en la boca.

Un hombre con un mono azul metido en unas botas negras entra con un pozal rojo en una de las pocilgas y los puercos lo reciben con un coro de gruñidos. El hombre saluda a Tere con un gesto de cabeza.

Tere, conforme baja otra vez, decide desviarse por la derecha hacia la ermita siguiendo un estrecho camino asfaltado que discurre entre pastizales y muretes de

piedra con verdín. La carreterilla se abre, a medio kilómetro, a una explanada en la que está la ermita, blanca
y pequeña, desde la que puede verse una silueta del
pueblo y buena parte del valle.

Piensa en echarse otro cigarro, contemplando el
panorama, cuando se abre la puerta de la ermita y aparece, de retirada, Hermógenes, el cura del pueblo, con
una mochila al hombro, en vaqueros y mangas de camisa.

—Tere, qué sorpresa, tú por aquí —dice.

—Ya ves, de visita —contesta Tere, importunada
por el encuentro.

—¿Quieres entrar? —pregunta el cura, que se disponía a echar la llave.

—No, no, gracias. Estaba dando una vuelta.

—Suponía que te vería, por lo de tu hermana.

—A eso he venido.

—¿Y Javi?

—También.

—Cuánto me alegro.

El cura no llega a los cuarenta, tiene el pelo lacio,
hacia atrás, bastante largo, y unas gafas de montura dorada. Es bajito y delgado. Llegó hará cinco años en sus-
titución de don Avelino, que se jubiló, y se ocupa de
toda la comarca, pues no hay curas disponibles para
cada pueblo. El cura explica que ha venido a la ermita
a hacer unas reparaciones.

—¿Y qué tal por Madrid? —pregunta.

—Bien.

—¿Tienes colocación fija?

—En Telefónica —improvisa Tere de mala gana.

—¿De secretaria?

—En Atención al Cliente.

—Ah, mira, ¿y eso está bien pagado?

—Justillo.

—¿Pero tú no querías ser artista de cine?

—¿Me vas a confesar? —Tere se irrita un poco con tanta pregunta.

El cura, a lo suyo, se hace el loco.

—Si tú quieres —dice—, aquí mismo. No estaría mal que comulgaras mañana con tu hermana.

—No me lo había planteado. ¿Ahora confesáis hasta en el campo?

—¡A ver! Aquí te pillo, aquí te mato —se ríe Hermógenes—. A la iglesia sólo vienen las viejas y los críos. ¿Bajas para el pueblo?

—No, me quedo un rato.

—Yo me bajo, que tengo el último ensayo de las comuniones. Bueno, Tere, si le dices al Señor que lamentas haberle ofendido con tus miserias, yo te echo una absolución mientras voy bajando.

—Joder, todo facilidades —dice Tere—. ¡Vaya chollo!

—Aprovecha, aprovecha, que estamos de rebajas —dice el cura riéndose.

Y la Tere se queda pensando en sus miserias, de las que se arrepiente mucho más de lo que Hermógenes puede imaginar.

Con el sol caído el valle es un charco de sombras.

CUANDO TERE SE VA A DAR SU VUELTA Y LOS OTROS TRES bajan de la solana, Lucía, al acecho, aborda a Javi, en tono de súplica, con su obsesiva preocupación.

—Venga, Javi, tienes que saludar a tu padre.

Javi hace una mueca de fastidio que deriva, sin embargo, en un silencioso cabeceo de aceptación. Se entromete la abuela.

—Venga, sí, vete, que yo me llevo a éstos —se refiere a Merche y Jose— a tomar una caña y a enseñarles el pueblo.

—Si voy yo solo, me va a coger por banda —protesta Javi.

—Te va a coger por banda antes o después. Si vas ahora, te quitas del trámite, anda —argumenta la abuela.

—¿Pero no le va a presentar a Merche? —objeta la madre.

—Para eso ya hay tiempo después. ¡Ni que fueran novios formales! ¿O es que ya sois novios formales?

La inoportunidad de la pregunta de Justa provoca una sonrisa torpe y evasiva en Merche y Javi. Y una mirada de severo reproche hacia la abuela en Lucía.

—Ahuecamos el ala —dice Justa medio empujando a Jose y a Merche—, y así no meto más la pata, que, para vosotros, hablar y meter la pata es lo mismo.

La abuela no deja opción, y los chicos se separan sin tiempo de hacer planes para más tarde.

Ya a solas, Javi pregunta a su madre:

—¿Sigue cabreado?

Lucía le responde:

—Cabreado del todo, no. Pero ya sabes cómo es. Ya le conoces. No os enfadéis, ¿eh?

—Eso va a depender de él.

—Javi, por favor...

El cuarto de estar da a la cocina, y la cocina, muy grande, se comunica con la barra del bar. El bar tiene una barra muy larga, repleta de expositores climatizados en los que se exhiben bandejas con las especialidades de la casa: callos, oreja y morros de cerdo, salchichas a la sidra, lengua de ternera, patatas revolconas y rabo de toro. Por la hora, están vacíos, pero Lucía ya se está ocupando de guisar para atender la demanda que empezará un poco más tarde.

Frente a la barra, hay una zona con media docena de mesas y sillas de madera, la máquina de tabaco, una tragaperras y un flipper en el que ahora juegan tres chavales. Las paredes están abundantemente decoradas con fotografías de toreros, algunas dedicadas. Hay un cartel que indica que el bar es sede de la peña de seguidores de José Tomás. En un rincón, orientada hacia la barra y el salón, hay una gran pantalla de plasma. Retransmiten una corrida de la Feria de San Isidro. Torea Morante de la Puebla.

No obstante, ahora no hay más allá de media docena de parroquianos. En la barra, atento a la corrida, está Ginés, el camarero, menudo y colorado, a punto de los cuarenta, buen profesional, una calamidad como persona. Tiene un par de niños pequeños, pero tan pronto está con su mujer como se va a vivir a casa de su madre. Su problema es que bebe mucho más de la cuenta, aunque en el bar —no se le permitiría— no prueba ni gota. Cada día se presenta ostensiblemente duchado y repeinado con agua y colonia, prueba fehaciente de su exagerada puesta a punto tras sus habituales tajadas nocturnas.

Antonio Robles, el padre de Javi, es un cincuentón alto y fuerte, bien parecido, de aspecto atlético. Muy moreno —aunque ya broten algunas canas en su pelo—, gasta un bigote negro y nutrido que le proporciona una apariencia severa y contundente. Calza deportivas blancas, lleva un vaquero gris de pana fina, ceñido con un ancho cinturón, y una camisa a cuadros azules y verdes.

Al ver entrar a Javi, apocado por el trago, va hacia él y lo estrecha con sus brazos peludos con tal fuerza que Javi, por no esperar un recibimiento tan caluroso, se desconcierta. El mismo Antonio da un paso atrás y mira fugazmente hacia el suelo, como si un pudor sobrevenido quisiera mermar algo la efusividad de su acogida. Lucía, desde la cocina, sigue la escena, disimulando con su dedicación a los guisotes.

—¿Habéis tenido buen viaje? —pregunta el padre.

—Sí, normal —responde Javi.

—Me alegro.

Javi ve a Ginés, en el otro extremo del mostrador, cerca de la tele, y va a saludarle, requisito de la cortesía que le facilita abrir un tubo de escape a la tensión del encuentro con su padre. Javi y Ginés se palmean las espaldas.

—¿Qué pasa, chaval? —dice Ginés.

—Ya ves, dando una vuelta.

—Me alegro.

Algún parroquiano sentado a la barra en un taburete cruza también saludos con Javi, que, acabada esta rápida liturgia, vuelve a estar frente a su padre.

—Pensaba ir a coger un poco de verdura a la huerta. ¿Te vienes? —dice Antonio.

—Claro.

Ponerse en movimiento no viene mal, piensa Javi, pero seguro que mi padre aprovecha ahora para decirme algo. Nada más llegar, uf. Antonio coge unas bolsas de plástico de la cocina, sin cruzar palabra con su mujer, que mira al padre y al hijo con una expresión que

quiere solicitar calma y prudencia en ambos, pero que no
se atreve a ser explícita del todo.

—Volvemos en un rato —dice Antonio a Lucía.

Y en una concesión, que Lucía valora muy positi-
vamente como un rasgo de tranquilizadora buena voluntad y anuncio de que no se preparan hostilidades,
añade con un gesto hacia su hijo:

—Tiene buena pinta, ¿verdad?

—Sí —responde ella con alivio, besando a Javi y
acariciando su cara de arriba a abajo.

Nada más salir del bar, sin su mujer por testigo,
Antonio pregunta a Javi por Tere.

—¿Y tu hermana?

—Tenía algo que hacer —improvisa Javi.

—Lo que tenía que hacer es dar un beso a su padre —replica Antonio con acritud, y Javi calla.

Padre e hijo dejan atrás la placita y, por una calleja
estrecha, van a parar a fuerapuertas del pueblo, donde
atraviesan un puentecillo de piedra y barandilla roñosa
que da acceso a una vega en la que se asientan diez o
doce huertas pequeñas.

Antonio abre el candado de una puertita de hierro
de mediana altura y deja pasar a su hijo. La huerta tiene
apenas unos ochenta metros cuadrados y está cercada
por una valla de mimbres. Hay lechugas, espinacas, acel-
gas, guisantes, judías verdes y escarolas, un poco de cada
cosa, dispuestas en hileras. En un extremo, en un peque-

ño chamizo de madera protegido por lonetas, hay herra-
mientas y, al lado, un par de bidones de plástico rojo y
verde que hacen de compostadores y otro par, metálicos,
para recoger agua de lluvia. También hay macetas con
hierbas aromáticas. Y una silla negra y polvorienta.

—Quiero llevar unas pocas judías verdes, ¿me
ayudas? —dice Antonio.

—Pues claro.

Las judías verdes son trepadoras y están alineadas
en dos filas de trípodes. Antonio saca las bolsas e indica
a Javi cuáles coger y cómo tirar de las vainas. Se ponen
a la faena.

—Conviene llevarse unas cuantas cada tres o cuatro días, ¿sabes?, y así vuelven a brotar, y la planta da
más fruto.

—Ya —asiente Javi.

—¿Sabías que trepan enroscándose en las varas en
sentido contrario al de las agujas del reloj? —pregunta
Antonio.

—Creo que me lo habías dicho, sí —responde
Javi, que no tiene ni idea, y el padre lo nota.

De pronto, Antonio suelta una imprecación, que
sorprende a Javi, y se acerca a un palmo de una vaina
para examinarla y, después, retira con la mano algo que
hay en ella, que, finalmente, aplasta y arroja al suelo.

—Menos mal —dice.

—¿Qué pasa? —se interesa Javi.

—Nada. Creía haber visto una araña roja, pero era una zaborra. El año pasado tuvimos plaga de arañas rojas.

—Ah, pues menos mal.

Antonio mira a Javi con gravedad.

—Ni sabes nada, ni te interesa nada, ¿verdad? Parece mentira, toda tu vida en el pueblo, y has pasado olímpicamente de todo. No has aprendido nada.

—Papa, no empieces...

—Claro que empiezo —se enfada Antonio—. Empiezo y sigo...

—Ya veo. Me has traído aquí para soltarme el sermón.

—Pues sí, ¿qué pasa? No sé si más tarde, con tu abuela y tu madre de abogadas de pleitos pobres, voy a tener ocasión.

—Por mí, no te cortes.

—¡Claro que no me corto! Soy tu padre, y no tengo ni puta idea de qué coño haces en Madrid —se solivianta—, cuando aquí podrías ayudarme en el bar, un bar que será luego para ti y que, si quisieras, te resolvería la vida para siempre.

—Pero no quiero, papa, ya lo hablamos. No quiero vivir en este pueblo, quiero estudiar informática y montar mi propio negocio.

—¡Tu propio negocio! ¡Ya tienes aquí tu propio negocio! ¿Es poco el bar para ti? ¿Es poco el pueblo de tus padres?

—No es eso. Ya lo hemos discutido, papa. No es eso.

—¿Y qué es? Y la tonta de tu hermana, que ni siquiera ha venido a darme un beso...

—Te tiene miedo.

—¿Miedo a mí? —grita Antonio—. ¡Miedo tiene que tener a ser tan tonta y tan creída! ¿Qué hace tu hermana en Madrid?

Javi está sobrepasado. No puede, menos que nunca, contestar a esa pregunta. Y, además, se siente abrumado, desbordado. ¡Si su padre supiera! Baja la cabeza.

—Déjalo. Mejor no saber lo que hace tu hermana en Madrid. ¡La artista! ¡La Ava Gardner! Tu abuela tiene la culpa, por haberle llenado la cabeza con cuentos.

—Nadie tiene la culpa —Javi intenta explicar—. Es normal que unos jóvenes tengan sus propios planes, sus propias ideas, y que no coincidan con las de sus padres. Es lo normal.

—¿Lo normal? —vuelve a gritar Antonio—. ¿Es lo normal que yo tenga que estar pagando un sueldo y la Seguridad Social al desastre de Ginés, eh? ¿Eso es lo normal? ¿Y que tenga que contratar eventuales para el verano cuando tú, incluso tu hermana, podíais estar trabajando conmigo? ¡Pero qué te importa a ti!

—¡A ti no te importa lo que pensemos los demás!

Antonio, encolerizado, levanta un dedo sobre la cabeza de Javi.

—Si tuvieras cinco años menos, te daba una hostia. Así verías lo que a mi me importa lo que piensan los demás.

Javi traga saliva y mira al suelo. Antonio se pone en jarras, mira a un lado y niega con la cabeza.

—¿No se está bien aquí? —pregunta, con desconsuelo, abriendo los brazos, al aire.

—Sí, se está bien —concede Javi.

—Pues no os entiendo.

Javi, por unos segundos, y al margen del enfado de su padre, piensa que, en efecto, se está bien. En la huerta, en medio de esa humedad vegetal y perfumada, con el susurro del río, voces lejanas de niños, pájaros por encima de la cabeza, esa luz que se apaga sobre la vega, las campanas de la iglesia que dan la hora. Paz. Y, en Madrid, el lío de su hermana, el lío de Mila, el lío que viene. El lío enorme en el que está metido.

Si su padre no pensara como piensa, si no hubiera dicho lo que ha dicho, sería el momento, cavila Javi, de pedirle dinero, un préstamo, algo de dinero que pudiera servir para ayudar a Tere, para aplacar de momento a quienes la acosan, para evitar el gran lío del banco —se resiste a pensar en el atraco—, para salir del trance, para ir tirando, luego ya se vería.

Había previsto, en Madrid, dar ese paso, pedir dinero a su padre si el encuentro no se daba del todo mal. Pero ahora Javi no ve el modo. Ahora, no. Mañana, a ver, tal vez.

—Bueno —dice el padre con resignación—, vamos a terminar aquí, que si tardamos, tu madre pensará que nos hemos enzarzado. Venga, acabemos con las judías, que quiero llevar también un par de lechugas y un poco de albahaca.

—¿Papa?

—¿Qué?

—No sé...—Javi levanta sus hombros—. Lo siento.

Javi está a punto de llorar, pero su padre se ha vuelto hacia las plantas y no lo ve.

—Más lo siento yo —dice.

A Tere no le llega el momento de ver a su padre, de manera que, al bajar de la ermita, opta por dar una vuelta por la plaza, que está muy animada. Viernes, y con buen tiempo, el pueblo está lleno de gente que vive en Madrid. Se nota en las matrículas de los coches. No son turistas, pues el pueblo no tiene nada digno de verse, sino paisanos que viven y trabajan en las ciudades que rodean Madrid, sobre todo, y que, los fines de semana y en verano, vuelven al pueblo, a las casas de sus padres.

El ayuntamiento quiso prohibir la circulación y el aparcamiento en la plaza, pero la medida no se llevó a efecto por las protestas. Parece mentira, en un pueblo tan pequeño, sin distancias, pero a todo el mundo le gusta coger el coche para ir a quinientos metros. Los más afilados dicen que es por presumir, por demostrar a los demás que no se les da mal la vida en Madrid y por ahí.

Tere ve a lo lejos a su abuela, con Merche y Jose, que parecen volver hacia casa, y se va por el lado opuesto para no encontrárselos. Coge la calle de la farmacia, pensando en ir a tomar algo al bar de la gasolinera, y entonces ve venir de frente a Gustavo, el de la tienda de fotografía.

Gustavo tiene ya cuarenta años y nunca ha sido muy espabilado, salvo para sus cosas. Heredó la tienda de su padre, y se ocupa de ella con su hermana mayor, Margarita, soltera y sin compromiso. Ambos cuidan de su madre, muy anciana, que lleva años sin salir de casa.

Gustavo es bastante grueso, calvo prematuro, muy desastrado, y usa unas gafas de concha que se le resbalan hasta la punta de la nariz. Siempre lleva un chaleco con muchos bolsillos, que le da un aire de reportero, y de hecho Gustavo gana su buen dinero haciendo los reportajes de las bodas, las comuniones y los bautizos de varios pueblos de la región, aunque él se queja de que ahora todo el mundo tiene una cámara y de que el negocio ha bajado mucho.

—Joder, Gustavo —le suelen decir—, es que tú quieres todo, nos vendes tú las cámaras y luego quieres que te contratemos a ti para los reportajes.

Su filosofía es: una cosa es entretenerse con las cámaras, pero una gran ocasión requiere del trabajo de un profesional.

Y trabajo, diga lo que diga, nunca le falta.

A Gustavo se le encienden los ojillos cuando ve venir a Tere, que no tiene manera de darse la media vuelta. A Tere, en el fondo, Gustavo le hace gracia. Es un tipo simpático y, a diferencia de su hermana Marga, estirada y como estreñida, siempre está de buen humor.

—¡La chica más guapa del pueblo! —dice Gustavo estrechando a Tere entre sus brazos—. ¿Qué?, ¿a la comunión de la Sandra?

—Sí —contesta Tere dejándose achuchar y notando la cara húmeda y sin afeitar de Gustavo.

—Yo voy a hacer el reportaje —comunica Gustavo.

—Me lo imagino.

—Cada día te pareces más a la Jennifer Connelly. ¿Sabes quién es?

—Ni puta idea.

—¿No has visto la última del Leonardo Dicaprio, *Diamante de sangre?*

—No.

—Es cojonuda. Te hago una copia. Me la he bajado de Internet. Así ves a la Jennifer Connelly, que está buenísima, sois como dos gotas de agua.

—Gracias por el piropo.

—Si no te molesta...

—¡Qué va! Yo me había quedado en lo de Ava Gardner...

—Bah, cosas de tu abuela, que está muy anticuada.

—¿Anticuada, mi abuela? Ya quisieras tener tú la mala hostia que tiene ella.

—Eso es otra cosa, cariño, eso es otra cosa.

Con Gustavo se puede hablar, y Tere acepta su invitación a tomar algo para celebrar el encuentro, como ha dicho él. A Gustavo, pese a la diferencia de edad —o quizá por eso— siempre le ha gustado Tere y nunca se ha privado de tirarle los tejos. Hace unos años, cuando Gustavo estaba menos gordo y menos calvo, Tere no acababa de hacerle ascos, y hasta tuvieron un episodio de morreo en la discoteca, que fue muy sonado, pues fueron vistos y el cotilleo corrió por el pueblo.

A Tere le llegaron entonces, incluso de su propia familia, maledicencias sin cuento, muchas de ellas, como suele suceder en estos casos, contradictorias: que a Gustavo le gustaban los chicos, que había dejado embarazada a más de una en la comarca, que se lo hacía con su hermana, que su misma hermana le daba dinero para que se fuera al puticlub de la carretera y se desfogara. Aquellas insidias no hicieron mella en el juicio de Tere sobre Gustavo, pero avivaron su deseo de dejar lo antes posible el pueblo, tan anodino en su discurrir diario y tan envenenado en sus corrientes profundas. Su abuela, sólo ella, era partícipe de su diagnóstico.

Gustavo propone un pelotazo en El Tiro, el bareto de la peña de cazadores del pueblo, ostentosamente de-

corado con cabezas disecadas de jabalíes y de corzos.
Una placa de cerámica reza sobre la registradora: «Hace
un día precioso. Verás como viene alguno y lo jode».
Ron con Coca-Cola para los dos.

Gustavo lleva una cámara de video digital colgada
al hombro.

—Vengo de rodar a las cigüeñas, ¿sabes?

—¿Ah, sí?

—Sí. Hago documentales. Yo me lo apaño todo: los
grabo, los edito, les pongo la voz y la música, todo. Me
los echan en la tele local.

—¿Tenemos tele en el pueblo?

—¿No sabías? Desde hace un año, un invento de
Adrián, el hijo del Nublao, ¿sabes?, y de sus amigos.
Debe de ser pirata, supongo.

—Estás hecho un cineasta, Gustavo.

—Bah, aficionado ¿Te enseño?

—Vale.

Gustavo prepara la cámara para enseñarle a Tere
en la pantallita lo que ha rodado.

—Las cigüeñas —dice— son unos bichos increí-
bles. Llegan a medir dos metros. Con las alas desplega-
das, ¿eh? Antes estaban aquí una temporada, de paso a
África para invernar, que van por el Estrecho, pero ahora son muchas las que se quedan aquí. Por lo del cambio climático, ¿sabes?

—Joder, tú sí que sabes.

—Bah, te viene todo en Internet. Mira.

Y Gustavo le enseña a Tere en la pantallita el vuelo de una cigüeña, que planea solemne, majestuosa.

—¡Qué chula!

—Como un avión.

—¿Quieres ver cómo comen?

—Vale.

—Mira.

Y Gustavo le busca las imágenes de una cigüeña comiendo, caminando lentamente por el suelo y lanzando su pico, de vez en cuando, contra la tierra.

—¿Ves? Esto lo grabé en la laguna. Van mucho por allí, las cigüeñas.

—¿Y qué comen? —pregunta Tere, atenta.

—Lo que pillan, lombrices, culebrillas, saltamontes, ranas...

—¿Ranas?

—Las más pequeñas. Aunque, no te creas, las cigüeñas tienen un pico fuerte, ¿eh?, potente, a algunas les mide casi veinte centímetros...

—Jo.

—¿Te enseño más?

Y Gustavo le enseña el nido grande que hay en la torre de la iglesia y le explica que le dejaron subir a lo alto de los andamios, a filmar, cuando estuvieron arreglando el tejado de la parroquia.

—Desde abajo de la plaza parece más enano, pero, no te creas, lo menos tiene, ese nido, dos metros de altura. Engaña mucho —aclara Gustavo—. ¿Te gusta?

—Sí.

—Pues ya tengo muchas películas. Me gustaría enseñarte el parto de una cerda...

—¡No me jodas!, ¡qué asco!

—No te creas, es digno de verse. Me dejaron filmar en Pueblo Viejo...

—¡Puaj!

—Bueno, pues si no quieres, no te lo enseño.

Gustavo guarda su cámara, bebe un trago del combinado y coge postura acodado a la barra.

—Y por Madrid, ¿qué tal? —pregunta.

—Bah, chungo —ni más ni menos puede decir Tere.

—No tenías que haberte ido. Aquí se está muy bien.

—Tú, que te lo montas de puta madre.

—Como te lo podrías montar tú, si quisieras.

Tere cree percibir una insinuación y, asociando ideas, piensa en la familia de Gustavo.

—¿Y Marga?

—Amargada. Ja, ja. ¿Lo pillas?

—Lo pillo, sí. ¿Qué le pasa?

—Qué no le pasa, habría que decir. Se queja de todo.

—¿Y tu madre?

—Esa es la cosa. A mi madre se le está yendo la olla. Yo quiero llevarla a la residencia, pero mi hermana se empeña en tenerla en casa, y luego se queja todo el rato de que no hace carrera con ella, y de que todo el peso lo lleva ella, y, en fin, ya sabes.

—Ya.

—Tú, si quisieras, podrías estar aquí de maravilla.

—Eso ya lo has dicho.

—Y te lo repito.

—Ya.

Tere mira su reloj.

—Me tengo que ir.

—¿Qué prisa tienes?

—Me esperan a cenar.

—¿No tomamos otro cubata?

—Imposible.

Tere busca su monedero en el bolso.

—Deja. Invito yo —dice Gustavo.

—Vale.

TODOS, EXCEPTO ANTONIO, CENAN EN EL CUARTO DE ESTAR, junto a la cocina, sentados a una mesa larga, de madera de pino, cubierta con un mantel de hule estampado. Lucía ha sacado fuentes de ensalada mixta, platos con filetes rusos y salchichas, trozos de morcilla y de chorizo de Salamanca para cortar a discreción, fruta variada y una costrada recién hecha.

El Jose devora con apetito, ponderando vez tras vez lo rico que está todo, y Lucía observa que Merche sólo prueba la ensalada.

—¿No te gustan los filetes? —le pregunta.

Merche mira primero a Javi y sonríe con timidez a Lucía.

—Es que no soy muy de comer carne y todo eso —dice.

—Vaya, cuánto lo siento —Lucía, desolada—. ¿Te hago unos huevos?, ¿quieres una tortilla? No me cuesta nada.

—No, no, muchas gracias —Merche, agobiada por su protagonismo—. Me basta con la ensalada, que está muy buena.

—¡Pero te vas a quedar con hambre! —insiste Lucía.

—Mama, déjalo ya -corta Javi-. Está bien como está.

Lucía se resigna.

—Ay, las chicas de ahora, tanta dieta y tanta dieta. Pensar que a los chicos de mi época les gustaban los culos bien gordos, que hubiera donde agarrar —faltaba la abuela.

—No, si no es por dieta —aclara Merche, ya un poco molesta.

—¿Y por qué si no? —más abuela.

—Joder, porque no le gusta la carne, y punto pelota —sentencia Tere.

Y todos comen.

El centro de la reunión ha sido Sandra desde el principio de la cena. La niña vino corriendo del ensayo, avisada por el cura de la llegada de sus hermanos, y fue besuqueada y abrazada hasta el exceso primero por Javi y después por Tere, que, por fin, había pasado por el bar a saludar a su padre. El encuentro fue frío, pero incruento. Respondió al cálculo de Tere, que optó por pasarse por el bar en hora de ajetreo y mucha clientela, pensando en que su padre no podría distraerse del trabajo. Así sucedió, un par de besos, apenas unas palabras y un luego nos vemos.

Antonio sigue en el bar. No sólo por tener que atenderlo. También piensa que su presencia en la cena sería motivo de tensión. Se reconcome por ello, pero, al mismo tiempo, es como si tuviera digerido que, en un momento u otro, no iba a saber ahorrarse algún comentario que atraería los reproches de su mujer y de su suegra, las iras de sus hijos. Se mantiene alejado.

Sandra está feliz, entre Javi y Tere, contando y recontando todos los pormenores de su Primera Comunión. Morenita, con su melena recogida con una cinta blanca, es una niña guapa y despierta, alborotada por sus expectativas, contenta por la presencia de sus her-

manos y modélica en su comportamiento ante los extraños, Jose y Merche. Ha ayudado a su madre y a su
abuela a poner la mesa, exhibiendo sus cualidades de
mujercita que se siente llamada a mostrar su inocente
ejemplaridad, su impecable eficiencia.

Se sabe de memoria todo lo que tiene que hacer y
decir durante la misa, corrige a su madre cualquier mínimo error en la información y explica con detalle cómo
es su túnica de comulgante, que, por cierto, ha sido ob-
jeto de otra polémica más en el pueblo. Hermógenes, el
cura, decretó que todos los vestidos, de niñas y de niños, serían iguales y preparados por las Clarisas. Quería
evitar gastos excesivos, competencia entre los chavales,
diferencias según el dinero y la posición de las familias.
Una túnica blanca, recta y de hilo para todos. Algunos
padres protestaron, querían sus propios trajes. Hermógenes se mostró inflexible, y hay niños que han hecho o
van a hacer la Primera Comunión fuera del pueblo.

—Te van a hacer muchos regalos, ¿no, Sandri?
—pregunta Javi.

—Uf, creo que muchos, sí —dice la niña, con el
rostro iluminado.

Y entonces el Jose se dispone a meter la pata.

—Podríamos —dice— instalar ahora...

Y el Javi le corta en seco.

—Ahora, nada. Los regalos, mañana.

—Ah, yo lo decía por...

—¿Instalar qué? —salta la niña.

—Nada, nada —se repliega Jose buscando el perdón de Javi, que le atraviesa con la mirada.

—Los regalos, mañana, Sandra —confirma y apacigua la madre—. Ahora tienes que ir a dormir.

—¿Instalar qué? —insiste la chica.

—Instalar, nada —remacha la madre con más firmeza—. ¡A dormir!

Sandra pone cara de pilla.

—Me parece que ya sé lo que es... ¡Sé lo que es!, ¡Sé lo que es! —canturrea.

Lucía se levanta de la mesa y va hacia Sandra para llevársela a la cama.

—¡Es muy pronto! —protesta.

La madre le reconviene.

—Mañana tienes un día muy largo y emocionante. Tienes que descansar.

—¡No estoy cansada! —refunfuña la cría.

—¡A obedecer! Mira que, si no, no podrás comulgar...

—Eso. Estarás en pecado mortal y, si te mueres, te irás derecha al infierno —suelta la abuela, que aún no había encontrado hueco para una de sus ironías.

—¡Mamá! —le increpa Lucía.

Lucía consigue que la niña se levante y la conduce por los hombros.

—Venga, un beso a todos.

Sandra besa uno a uno a todos. Al besar a Jose le dice bajito:

—¡Sé lo que es!

Jose niega con la cabeza, mirando de reojo a Javi.

Lucía se lleva a Sandra. Al salir le revuelve la melena.

—Mañana temprano tenemos que lavar este pelo, ¿eh?

La abuela se levanta, va hacia el aparador y toma un mazo de cartas.

—¿Alguien quiere echar una partida?

Javi se levanta también.

—Merche y yo nos vamos a dar una vuelta.

Merche acata la orden. Mejor, salir. Jose se descoloca.

—Yo juego contigo, abu —dice Tere.

La abuela interroga a Jose, que no reacciona.

—¿A qué sabes jugar tú?

—¿Yo? A nada.

—¿Al Continental no sabes?

—No.

—Pues te enseñamos ésta y yo —dice por Tere—. Es muy fácil.

Jose tampoco ve tan mal lo de jugar a cartas con Tere.

—Vale —dice.

Merche, de pie, se ofrece a recoger la mesa antes de salir.

—No hace falta, bonita —le indica Justa—. Lo hacemos nosotros. Vosotros, a lo vuestro.

Javi y Merche se van. Justa, Tere y Jose recogen la mesa y se disponen a la partida. Luego, se incorpora Lucía a la difícil tarea, que se va solucionando, de hacer comprender a Jose las reglas del Continental.

En la calle, Javi toma la mano de Merche, y caminan hacia la plaza.

—¿Qué?, ¿qué te parecen? —quiere saber.

—Muy majas.

—¿Seguro?

—Pues claro. Sandra es una monada, tu madre es muy maja y ha tenido que ser muy guapa. Harían muy buena pareja tu padre y ella.

—Pues sí.

—Y tu abuela, puf. ¡Tu abuela es la bomba! No ha estado callada un minuto cuando hemos ido con Jose por ahí.

—¿Qué os ha dicho? —quiere saber Javi—. Os habrá dado la brasa con sus cosas, ¿no?

—Nos ha contado todo, imagínate.

Y Merche le resume a Javi una pequeña parte de lo que les ha dicho la abuela: que ella es atea, republicana y anarquista; que los fascistas del pueblo fusilaron a su padre; que ya era desgracia que su única hija se hubiera casado con el hijo de un carlista; que su hija y su yerno son unos carcas; que ella no es nada partidaria de la Primera Comunión, pero que, como Sandra es una ricura, pues qué le vas a hacer, tragar; que el pueblo está lleno de odios y envidias...

—Vamos por ahí, churri —corta bruscamente Javi, y endereza, hacia una callejuela, el rumbo que llevan.

Merche no se da cuenta, pero Javi ha visto a lo lejos a Lorenzo y a Mila.

Su ánimo se ensombrece. A ver, mañana, cómo se dan las cosas. Javi abraza por el cuello a Merche y la atrae hacia sí conforme van andando. Se besan, y siguen andando.

Antonio sigue en el bar. La partida continúa.

EL DÍA HA SALIDO DIÁFANO, AZUL, SIN UNA NUBE. ANTONIO, hoy, no abre el bar, como es natural, y Lucía, a primera hora, se ha ocupado de lavar el pelo de Sandra, que ahora seca al sol y al aire del patio para que le quede más brillante, con la recomendación de que no se ensucie las manos, no se las vaya a llevar por descuido a la cabeza y estropee la esponjosa soltura de su melena.

El Jose le cogió pronto el truco al Continental, y, ante la sorpresa de las mujeres, acabó ganando una partida.

—Siempre ganan los que menos saben —sentenció la abuela—. ¡Por chorra!

Javi y Merche prolongaron su salida por los bares, a rebosar, hasta mucho más allá de la medianoche, y cuando Jose quiso retirarse a dormir no sabía muy bien qué habitación elegir, ya que no había recibido últimas instrucciones de su amigo.

—Me voy al sobre —dijo.

Y recibió una mirada de Tere, que le intimidó y le forzó a optar por la cama de matrimonio que Lucía había dispuesto para los chicos. Las tres mujeres se quedaron hablando, y Jose leyó un rato el libro que su padre le había recomendado.

—Cuando se viaja, siempre hay que llevar un libro. Es la mejor compañía.

Después de *Fortunata y Jacinta,* el Jose está leyendo *Cándido,* y se lo pasa muy bien con las terribles aventuras del infortunado muchacho. Jose está ahora en plena huida de Cándido a Buenos Aires, después de haber encontrado a su enamorada Cunegunda en Lisboa y haber matado a los dos hombres que se beneficiaban de sus favores. Las teorías del estrambótico filósofo Pangloss, mentor del chico, sobre la bondad y conveniencia de cuanto sucede en la vida le tienen muy intrigado y ya ha pedido explicaciones a su padre.

—¿Es verdad que las cosas no pueden ser de otra manera que como son? —había preguntado al viejo citando literalmente una frase de Pangloss que había subrayado.

—Tú sigue leyendo, y ya comentaremos al final —le respondió su padre.

Con probabilidad, cierta inteligencia espontánea de Cándido, confundible tanto con agudeza como con simpleza de carácter, sirve para que Jose se identifique con el personaje, dando por descontado que el cúmulo de peripecias disparatadas que el libro narra le divierte sobremanera.

Jose no ha traído pijama —prenda que, por otra parte, rara vez usa—, y se tumba sobre la cama en calzoncillos y camiseta. Además de leer un rato, obediente a las indicaciones de su padre, Jose pretende hacer tiempo por si Javi se presenta al fin y dispone organizar la noche a su manera. Jose prefiere que su amigo le eche una reprimenda y le mande al otro cuarto, superando las previsible protestas de Tere, a enfrentarse en solitario a las inclementes iras de la chica, y mucho más cuando teme que Tere aproveche para montarle una bronca tremenda a cuenta de su llamada, asunto aún peligrosamente pendiente.

Sucedió que el Jose se quedó dormido mientras leía, que Tere ocupó su cama en la habitación de enfrente y que cuando Javi y Merche llegaron de su salida, y pese a un intento del chico por reordenar la situación, el criterio de Merche se impuso. Merche sentía pudor de acostarse con Javi en casa de sus padres, cosas del modo de pensar de ella, y más con el riesgo de que pudiera haber una airada disputa entre Javi y Tere que, en el silencio de la noche, llegara a oídos de Lucía y Antonio. Ella se moriría de vergüenza.

—Pues mañana será de otra manera —gruñó Javi.

—Mañana ya veremos —Merche selló los labios de Javi con un suave beso.

Javi encendió la luz de su cuarto adrede, y Jose, aunque se despertó, se hizo el dormido, a la espera, eso sí, de una regañina de su amigo. Pero Javi se apiadó de un Jose acurrucado como un niño y se tumbó en su lado de la cama, encontrando el sueño mientras se hacía preguntas sobre la manera de ser tan prudente y, en el fondo, recatada de Merche y sobre la evidente y preocupante distancia que mediaba entre tal comportamiento y los avatares en los que él se encontraba envuelto. A Javi el proceder de Merche le despertaba añoranza de una inocencia tan reconfortante como difícil de preservar, pero le alertaba sobre posibles exigencias y propósitos futuros a los que él no estaba seguro de poder responder. Pero estas turbaciones se diluían en el fuerte sentimiento que tenía hacia ella y en lo mucho que le gustaba.

Lucía y Tere ocupan sendos sillones en la peluquería que, con su socia, regenta Lali, la mujer del camarero Ginés. Lali es menuda, rubia de bote, muy nerviosa. En el pueblo se dice que, cuando Ginés se agarra una de sus melopeas, unas veces le sacude a Lali y otras veces es Lali quien le zurra a él. Unas veces tiene un ojo morado Lali, otras veces tiene un ojo morado Ginés. Y, otras veces, cada uno tiene su respectiva moradura. Un desastre, que nunca va a más y nunca va a menos. Cada uno tiene sus detractores y sus defensores en el pueblo, y los bandos no coinciden, necesariamente, con el sexo de los beligerantes opinantes.

Lucía reservó con mucha antelación hora en la peluquería para ella y para su hija. La abuela dijo que pasaba. Lucía se lava y se peina, de Pascuas a Ramos, en la peluquería de Lali porque no hay otra en el pueblo —eso, desde luego—, pero también porque aprovecha para realizar sutiles tareas de mediación entre la peluquera y el camarero, misión que, de momento, no da fruto alguno.

A Tere lo de ir a la peluquería para la comunión de su hermana le parecía una sandez. Ella ya se arreglaría por su cuenta. Pero pensó que no debía contrariar a su madre, siempre más comprensiva y en una posición más templada que la de su padre.

Pensó también que, a falta de otro momento de cara a cara, podría intentar pedirle dinero para lo suyo. Y así lo ha hecho nada más poner un pie en la calle.

—Mama, que te quería preguntar si me podrías prestar algo de dinero —ha dicho.

—¿Dinero yo? ¿Para qué necesitas dinero? No tengo ni un duro.

—Es que estaba pensando en poner un negocio en Madrid...

—¿Un negocio en Madrid? ¿Un negocio de qué?

—Algo pequeño, con Javi. Algo de informática, como él está estudiando informática...

—¿Para eso querías ir a Madrid?, ¿para poner un negocio de informática?

—No, pero es que...

—Javi no me ha dicho nada.

Ahí Tere se apura.

—No, no. Es que él no sabe nada, vamos, que no quiere pediros nada. Ni se te ocurra decírselo, eh, por favor. Es cosa mía. Me mata.

—¿Qué necesidad tienes tú de poner un negocio en Madrid cuando tu padre ya tiene aquí el bar?

—¡Lo de siempre!

—¿Y qué quieres que te diga? Yo no te puedo decir otra cosa.

—Vale —Tere se resigna.

—Y si no querías trabajar en el bar podías haber cogido el empleo en la residencia de ancianos.

—Vale, vale —Tere quiere cortar.

—Ahora van a poner un híper donde el puente...

—Ya. De cajera voy a trabajar yo...—se enfada Tere.

—Si estás de telefonista, no sé por qué no ibas a poder estar de cajera, y en tu casa, y sin pagar piso...

—¡Olvídalo!

Lucía y Tere van andando cogidas del brazo. Lucía sujeta un monedero entre las manos.

—Es que yo no tengo un duro —dice Lucía—.
Todo lo lleva tu padre.

—¡Que te olvides, mama!

—¿Y si le pides a tu abuela?

—¡Déjalo ya, coño, que te olvides!

Ahora entran en la peluquería.

GUSTAVO, TRAJEADO Y REPEINADO, GRABA EMBOBADO A TERE
con su videocámara en el atrio de la iglesia hasta que la
chica, agobiada ante sus padres por la atención desmedi-
da que recibe, lo ahuyenta con un gesto. Gustavo recu-
la, mohíno, y dirige su objetivo hacia otras familias.

La Tere está guapa, sí, con su negra melena sedosa,
muy maquillada y los labios pintados de un fucsia brillante, pero cualquiera diría que resulta un poco pueble-
rina con su conjunto rosa palo, pantalón ancho con raya
y camisa larga con bolsillos ceñida por un cinturón, y con
sus zapatos de medio tacón color cereza. La abuela ha
comentado que parecía que iba en pijama.

La iglesia del pueblo no vale mucho. Sin estilo de-
finido, es un mazacote de piedra de rancia sobriedad
castellana, más próximo, en aspecto, a una fortaleza
que a un templo. El pórtico con columnas, a modo de
galería, le resta pesadez a su fachada principal, encara-
da con la plaza.

El cura Hermógenes, revestido de blanco y acompañado por tres monaguillos que dejan ver sus deportivas bajo sus faldones rojos, da instrucciones a Silesio, el sacristán, que se esfuerza en agrupar a los comulgantes, desprendiéndolos de sus familias, a un lado de la puerta.

Silesio es un negro altísimo, un guineano que llegó al pueblo un verano, por fiestas, vendiendo relojes y transistores. Trabó amistad con Hermógenes, que se acababa de quedar sin sacristán al morir el viejo Teotino —popularmente apreciado como El Cascabeles, por lo triste que era—, y se quedó a ocupar su puesto, alojado en la casa parroquial, renunciando, de momento, a su incierta vida itinerante.

En el pueblo, como es de suponer, la presencia de Silesio en funciones de sacristán suscitó toda clase de opiniones. Para unos era un oprobio, un sacristán negro, qué necesidad habrá, éste lo mismo es musulmán y ni está bautizado ni nada. Seguro que se lo monta con el cura, se oyó decir en los bares entre risotadas.

Pero Silesio enseguida cayó bien a los niños y a las mujeres. Carpintero de profesión, se mostró dispuesto a trabajar en toda clase de chapuzas, y ya gana sus dineros por su cuenta o integrado ocasionalmente en cuadrillas que le requieren para la construcción. En la cabalgata de Reyes, como se veía venir, hace de Baltasar, y los niños más zumbones y más mayores lo conocen como el Rey Silesio.

Repican las campanas, Hermógenes dirige unas palabras a los congregados, y los comulgantes, unos catorce, entran en procesión en la iglesia, en fila de a dos, precedidos por el cura, Silesio y los monaguillos, que llevan una cruz y unos cirios encendidos. Sandra, al desfilar frente a sus padres, les guiña un ojo mientras camina con sus manos juntas sobre el pecho. El órgano, desde el coro, manoseado por doña Charo, ataca un himno de jubilosa salutación.

El órgano, restaurado con dinero de la Comunidad, y un retablo barroco, atribuido a un discípulo de Juan de Sevilla, son lo único enseñable de la iglesia, que huele a cerrado y a flores, a humedad y a incienso.

Los niños ocupan unas sillas de tijera en el presbiterio, profusamente adornado, como el altar, con gladiolos en panzudos jarrones plateados. Las túnicas blancas resplandecen en una burbuja de luz. Las familias y sus invitados se agrupan en los bancos. Gustavo pulula por aquí y por allá con su cámara, pero otras personas también graban películas por entre la marea de colorines endomingados.

Antonio —junto al pasillo central—, Lucía, Justa, Tere, Javi, Merche y Jose, en ese orden, se sitúan en uno de los primeros bancos. Javi, con su traje de lino negro y una camisa blanca de cuello alto, y Merche, guapísima, con un sencillo vestido, también negro, sin mangas, de tafetán, hacen una pareja estupenda. El Jose, que se cortó el pelo donde Tobías, está muy circunspecto, grave de pose y actitud, como si tuviera muy en cuenta las recomendaciones que su padre le hizo de mantener en todo momento la seriedad y el respeto. Metido en su traje prestado, no se siente muy cómodo, pero supera la incomodidad gracias a la camisa finalmente naranja y a la corbata color hueso que le ha prestado Luismi, el pescatero, si bien, y en contra de su ufano criterio, no puede decirse que tales complementos resulten estrictamente idóneos y armónicos.

Javi siente sobre su nuca, aunque no siempre los tenga ahí, los ojos de Mila, cuatro bancos más atrás. Se saludaron en la plaza, antes de entrar, sin complicaciones. Ha habido suerte, pues Lorenzo y su mujer han sido invitados por un sobrino que también hace la Primera Comunión, por lo que Mila se verá obligada a la distancia. Javi, al enterarse, respiró con alivio, aunque ahora piensa que todavía queda mucho día por delante.

Hermógenes dice en su homilía que el cuerpo y la sangre del Señor alimentarán desde hoy y para siempre, y cuando esté cansada, el alma de los niños comulgantes, y Justa refunfuña en sus adentros pensando que todos los curas, con vaqueros o con sotana, son iguales. Antonio está a punto de llorar cuando escucha decir a su hija, en voz bien alta, que renuncia a Satanás, a sus pompas y a sus obras. Lucía se emociona cuando Sandra lee un papelito en el que pide a Dios por la salud, la felicidad y la piedad de sus padres y familiares. Todos

se cogen de las manos al recitar el Padre Nuestro, y
Jose, de la mano de Merche, lamenta que no le haya tocado al lado de la Tere para estrechar sus dedos.

Pero luego llega el momento de darse la paz y,
aunque el cura Hermógenes pide orden y silencio, se
organiza un follón tremendo. Los comulgantes bajan
desde el presbiterio para besar a sus familias, los asis-
tentes se besan y abrazan entre sí. La Sandra se mete
por el banco y besa, uno por uno, a todos. La abuela
Justa la estrecha contra su vientre y acaricia su nuca. La
gente busca a sus amigos y conocidos, y va a besarlos y
a abrazarlos aunque estén alejados. Hermógenes pide
calma en vano. Las líneas rectas de los bancos se han des-
dibujado en un desordenado turbión de gente que va y
viene entre un griterío formidable. Entonces, el José ve
su oportunidad y logra besar a Tere en las mejillas.

—¡La paz sea contigo! —le dice.

Tere se deja.

—¡Y contigo, cacho cabrón! —le responde al
oído, Jose, feliz, con su beso robado.

Y es entonces, también, cuando Lorenzo y Mila se
acercan a saludar y dar la enhorabuena a Antonio y Lucía, sus amigos. Mila, en lo que Javi cree un gesto desmesurado que le pone muy nervioso, se adentra por la
bancada hasta llegar a él, le besa, le felicita y se retira.

Cuando la tranquilidad vuelve a la iglesia, Merche
mira a Javi y le señala una mancha de carmín muy cerca

de los labios. Javi saca con rapidez un pañuelo, lo humedece con saliva y se frota la cara, con energía, hasta quedar limpio.

Desde el nido de las cigüeñas, en la torre de la iglesia, la plaza aparece como una gran laguna cementosa, con los corrillos de parientes y amigos a modo de isletas entre las que los comulgantes vuelan como patos blancos.

Antes de terminar la misa, a Antonio, en nombre de todos los padres, le ha tocado leer desde el ambón una plegaria preparada por una de las catequistas.

—Que nosotros, los padres —dijo con mucho énfasis—, continuemos dando ejemplo de cristiano comportamiento a nuestros hijos y que este encuentro con Dios no haya sido un simple acontecimiento social, sino un acto de renovada fe en Jesús.

A continuación, el cura Hermógenes impartió la bendición final a todos los presentes, añadiendo a la fórmula de rigor unas palabras de su cosecha.

—... Y que la alegría y la paz que habéis encontrado hoy aquí os ayuden a superar cualquier dificultad —remató.

Javi y Tere se miraron a los ojos, perplejos, como si oyeran hablar en un idioma desconocido y, al mismo tiempo, como si quisieran atrapar a la desesperada una solución que pasara ante ellos y se escapase para siempre.

En la plaza, la Tere, en un aparte, le está echando una bronca a Jose.

—Si no te llega a sujetar Merche, te plantas a comulgar.

—¿Y no podía o qué? -se defiende Jose.

—¡Cómo vas a poder tú!

—Todo el mundo iba.

—¡Que va a ir todo el mundo! Javi no fue, ni yo, ni mucha gente.

—Tú es que serás atea.

—¿Y tú crees en Dios?

—¡Por supuestísimo!

—Ya. Por supuestísimo, ¿verdad? —Jose agacha la cabeza por alusiones—. Tú un día llamas a un teléfono que yo me sé y otro día, venga, a comulgar.

—No es óbice —balbucea Jose.

—Obice. ¡Cómo hablarás tú así!

—Yo leo —replica Jose con orgullo y humildad.

—Tú lo flipas, tío.

La abuela Justa se acerca, con Lucía detrás, e interrumpe el debate.

—Venga, basta de charla, ¡vámonos a echar un vermú!

—Lo mejor, mamá, sería que fuéramos ya para Las Almenas —dice Lucía con prudencia.

—De eso, nada. ¡Mira que eres sosa! Estoy más seca que un higo, que no es lo mismo que decir que tengo el higo seco —Justa ríe.

—¡Mamá, por Dios! —se escandaliza Lucía—. Ya tomarás un vermú en Las Almenas.

—Allí tomaré el tercero —zanja Justa.

Tere se ríe, coge por los hombros a su abuela y se la lleva hacia la calle de los bares. Jose, asombrado, las sigue. Lucía reagrupa a los demás, que hablan por los corrillos, y va tras ellos con Sandra. La plaza se va aligerando de la gente de la comunión, aunque, como es sábado y hora del aperitivo, no acaba de disminuir el jaleo.

Las Almenas está a un kilómetro escaso del pueblo. Es un edificio apaisado de dos plantas, la de abajo dedicada a bar-cafetería y salones y la de arriba, a habitaciones. Hace las veces de motel de carretera y de restaurante de celebraciones. Construido en ladrillo visto, está rematado por unas almenas y flanqueado por dos torres, lo que pretende lograr una apariencia de castillo que resulta de todo punto indescriptible.

Antonio y Tere han conducido sus respectivos coches y aparcan en un aparcamiento lateral ya semiocupado por los vehículos de otras familias.

Merche se fija en una casa pintada de azul, a unos cien metros, que ostenta un letrero de neón rojo, ahora apagado, con el nombre de El Chaparral. Club, dice debajo, con letras también rojas.

—¿Y eso qué es?, ¿la discoteca? —pregunta.

Javi está a punto de contestarle, pero se adelanta Tere.

—No, bonita, es el puticlub.

—Ah.

Jose mira hacia El Chaparral con la boca abierta, como quien viera una aparición. Javi fulmina con la mirada a su hermana. Siente que la información que acaba de dar, precisamente ella, la delata y, luego, toma del brazo a Merche con enfado mal disimulado.

—¿Qué he hecho yo ahora? —dice Merche conforme Javi la empuja hacia el edificio.

—Nada. ¡Es que no te enteras!

Y Merche, en efecto, en su limbo angelical, no se acaba de enterar.

El director de Las Almenas ha dispuesto dos grandes salones comunicados entre sí para la celebración de ocho banquetes. Cada grupo está sentado en torno a rectángulos de mesas unidas de diferentes tamaños, separados por unos precarios biombos de celosía para dar cierta intimidad, aunque, en el centro, queda un gran espacio diáfano por el que circulan los camareros y por el que corretean los comulgantes y los niños.

Antonio invitó a su hermano Luis, el que vive en Sagunto, pero Luis argumentó que era muy complicado para él desplazarse desde Valencia con su mujer y los niños para poco más de veinticuatro horas. Antonio piensa que su hermano hubiera venido con mucho gusto, pero que su cuñada no tendría ganas porque no se lleva nada bien con su madre.

Hay un menú de entremeses, cordero asado, merluza a la vasca y postres variados. Viene impreso en unos tarjetones de recuerdo que hay en cada mesa, junto a un obsequio para cada comulgante, empaquetado con lazo y todo, y que no es sino una caja mediana de bombones Ferrero Rocher. Merche se las tiene que ingeniar para evitar el cordero sin dar el cante, como ocurriera en la cena, de su aversión a la carne, y Javi, por si acaso, ya ha advertido a su madre y a su abuela de que no digan nada.

A Sandra, al ver los bombones, no le ha faltado un segundo para reclamar sus regalos, y ha habido que convencerla de que esperara al final de la comida. Jose se ha ofrecido a acompañar a Tere a buscarlos al maletero de su coche, donde habían sido almacenados, sin que la niña los viera, a primera hora de la mañana.

—¡Lo sabía!, ¡lo sabía! —grita alborozada la cría al abrir el paquete de la Wii y se lanza al cuello de sus hermanos para comérselos a besos.

—¡Vaya puñeta! —dice la abuela entre bromas y veras—. Si lo llego a saber, para hacer el ridículo, no te compro nada.

—Que no, abu, que no —la niña, consoladora—, que el tuyo también me gusta bastante.

—Bastante, dice, no te jode —dice Justa mientras se deja besar por su nieta.

Tere ha fumado entre plato y plato varios cigarrillos, y su padre le ha venido observando, vigilante en guardia, desde el otro extremo de la mesa, como si fumar tanto fuera un síntoma de males peores.

Aquello tiene todo el aire de una boda. Desde el comienzo, en un estrado situado al fondo, un disc-jockey ha estado poniendo música, canciones de Kiss FM y así, pero ahora ya, con el café, las copas y el desbarajuste en aumento, han salido a la palestra un saxofonista, un guitarrista, un chico que maneja una caja de ritmos y una vocalista rubia en minifalda. Y están tocando una canción de Gisela.

Muchos, abuelos y niños sobre todo, bailan.

—Jose se está fumando un canuto, tú, ¿no notas? —le dice Merche a Javi al oído.

Javi no ha notado nada todavía. Jose, en mangas de camisa, mirando hacia los que bailan, con una copa de Licor 103 en la mano, se acaba de encender un canuto y se lo está fumando tan a gusto.

Javi se levanta, va hacia Jose y, tratando de simular que le habla de algo particular que requiere secreto, le dice con firmeza.

—¡Apaga ese puto porro ahora mismo!

—¡Pero si lo acabo de encender!

—¡Apágalo ahora mismo o te inflo a hostias!

—Pero si nadie se da cuenta, Javi —dice Jose mirando de reojo a los demás que, excepto Merche, están distraídos y a lo suyo.

—O lo apagas, o te vas a la calle a fumar —insiste Javi.

—Me abro —dice Jose—, porque lo acabo de encender...

Javi vuelve a su sitio, mientras Jose, dirigiéndose vagamente a toda la mesa, anuncia:

—Me voy al servicio.

—Voy contigo —dice Tere.

Y se van sin que nadie les haga mucho caso.

—Tampoco era para tanto —le susurra Javi a Merche, enfadado.

Enfadado por todo. Porque no deja de vislumbrar, aunque sea en trazos borrosos, que se comporta con frecuencia con la rudeza y autoritarismo de su padre, asumiendo y adelantándose a las reacciones que su padre podría llegar a tener si estuviera al tanto de una situación. Eso le enfada. Y le enfada, y le perturba que sea Merche, una vez tras otra, la portadora de un mensaje, cómo decirlo, ñoño, tal vez, de una actitud que exige siempre esconder algo. O rectificar algo. O fingir algo. O protegerla de algo.

Todos miran hacia el baile, hacia Sandra que baila con otra niña, moviendo ambas las caderas de forma poco acorde con la túnica blanca que todavía llevan. Luego, Tere es raptada hacia la pista, al volver del baño, por Gustavo, que no deja de filmarla con su cámara mientras bailan. Vuelve también Jose y, al ver a Tere y a Gustavo, se queda junto a ellos, descolgado, bailando por su cuenta.

—¡Qué bendito es ese chaval! —dice Justa para sí misma dando un sorbo a su Baileys.

Antonio y Lucía se han levantado y charlan de pie, unos metros más allá, con otros matrimonios. No pueden ver cómo viene Mila hacia la mesa, algo vacilante sobre sus tacones, seguida por Lorenzo, que parece custodiarla y estar dispuesto a llevársela a la primera inconveniencia, aunque él mismo no parece estar tampoco en su mejor momento de equilibrio.

—¿Me prestas a tu novio? —le dice a una Merche avasallada—. Sólo un baile, y te lo devuelvo.

Javi está paralizado, no sabe qué hacer. Mila, ahora, tiene una presencia abrumadora, con su falda mostaza de tubo muy ceñida, que le marca el vientre y el culo, y un top azul marino, con puntilla en el escote, que parece una enagua. Los pechos, grandes y bamboleantes. Hombros y brazos, desnudos. Sudada, congestionada.

Justa, que se percata del estado de Mila, se pone en pie y se interpone entre ella y Javi.

—Mila, preciosa, pero qué guapa estás... —le dice mientras la toma de una mano y la aleja hacia el grupo de su hija.

Lorenzo, con pesadez marsupial, colabora como puede.

—Es que ha bebido un poquito —se disculpa ante Javi y Merche, casi empujando a Mila por la espalda hacia Antonio, Lucía y los demás.

—¿Quieres bailar? —pregunta Javi sin que se le ocurra idea mejor.

—No, no me apetece —responde Merche.

Y los dos se quedan mirando hacia la pista. Hacia alguna parte. En silencio.

LA DISCOTECA DEL PUEBLO SE LLAMA COSMOS, ES PEQUEÑA Y está de bote en bote. Lo menos tiene treinta años. Está situada en los bajos de una casa corriente, de tres pisos, muy cerca del ayuntamiento, en el centro del pueblo, adosada al Bar Julián —con el que se comunica— y al restaurante del mismo nombre, que ocupa toda la primera planta.

En su día, todo este complejo fue un emporio, uno de los negocios más florecientes de la comarca. El bar y el restaurante funcionan a pleno rendimiento, pero la discoteca ya sólo abre algunos fines de semana. Su relativo declive llegó cuando abrieron otra mucho más grande y moderna cerca de la gasolinera. Toda la gente joven dejó de ir al Cosmos, y el Cosmos se quedó para los cuarentones, para los matrimonios y novios de mediana edad y para los solitarios de paso, como un bar de copas, como un *disco-pub,* como lo que es en realidad.

La discoteca de la gasolinera cerró poco después porque abrieron una macrodiscoteca a siete kilómetros, una de esas que por fuera parece una nave industrial y que da servicio a un montón de pueblos. Julián estuvo a punto de liquidar el Cosmos, pero decidió aguantar e hizo bien. El Cosmos es el punto de encuentro para la primera copa de muchos que luego van al otro sitio hasta el amanecer. Y la primera estación de algunos malcasados, viejos y solterones que quieren acumular fuerza y convicción —y a menudo las pierden— antes de ir al puticlub. También hay gente que renuncia a coger el coche después de haber bebido y se queda. Los caminos de ida y vuelta a Metrópolis —así se llama la macrodiscoteca— ya cuentan con más de una docena de cadáveres, esos chicos que se estrellan de madrugada, ciegos de alcohol y pastillas. Los padres conminan a sus hijos a quedarse en el Cosmos, los chavales dicen que sí —los padres saben que mienten—, y algunos ya no vuelven a casa nunca más.

Julián también abre el Cosmos algún día aislado entre semana, cuando una peña de amigos o una empresa se lo alquilan y lo cierran para alguna celebración privada, la fiesta de los quintos, las cenas de Navidad y así.

El Cosmos tiene una barra reducida, una pista redonda y angosta y, como era lo suyo cuando se abrió, mucho sillón de skay negro en torno a mesitas cúbicas y bajas de aluminio y cristal. Del techo rojo —como las paredes— cuelgan bolas giratorias de espejitos. Huele a sudor, a ambientador y a tabaco, ya que no hay modo de respetar la ley, y Julián prefiere pagar una multa, si se tercia, que andar con un palo tras la gente. De todos modos, los primeros que fuman son los guardias civiles cuando vienen de paisano.

Por allí están Javi, Merche, Tere y Jose.

Volvieron a casa cerca de las seis de la tarde. El ambiente estaba más bien espeso, nubes negras en el horizonte, pero los cielos se abrieron cuando Sandra, como era de esperar, quiso instalar inmediatamente la Wii. A rebufo del entusiasmo de la niña, Jose se puso, con los folletos de instrucciones y los cables, manos a la obra y, pasando por encima de cualquier aprensión, organizaron un campeonato de tenis por parejas que no hubo modo de terminar hasta pasadas las ocho. Con risas y gritos, la competición resultó curativa y energizante. Sirvió de terapia para todos.

En la tele daban un partido de Liga —un Zaragoza-Atlético de Madrid— que Antonio, Lucía y Sandra querían ver, y los chicos hicieron planes de discoteca. Se ducharon, se cambiaron, tomaron algo por ahí y se fueron luego al Cosmos. Tuvieron noches distintas.

El Jose, al rato de llegar, se sintió desplazado. Javi y Merche se pusieron muy pronto a bailar, y Tere, que le había dado conversación —es un decir—, se lió a hablar con Gustavo en cuanto apareció por el Cosmos, con toda la intención, desde luego, de acaparar a la chica.

Antes de que Gustavo se interpusiera, Jose aprovechó, en la barra, para pedir disculpas a Tere mientras se tomaban sendos gin-tonics.

—Oye, Tere, que siento lo del otro día.

—¿Qué?

—Que siento lo del otro día.

—¿El qué?

—Lo del otro día, la llamada y eso.

—Ah, ya, no importa.

—¿Qué?

—Que no importa, digo.

El altísimo volumen de la música no les permitía entenderse bien. Tere se tomaba la copa mirando hacia la pista, moviendo las piernas sobre el sitio al ritmo de la música, y no oía bien a Jose, que se acercaba para hacerse entender al oído de la chica y rozaba su nariz contra su pelo. A Jose le pareció que Tere, de pronto, se sentía indiferente respecto a lo que para él había sido una incidencia que le avergonzaba. Tere apoyaba sus codos y su espalda contra la barra, mientras se movía, y Jose estaba confuso entre la excitación que le provocaba el cuerpo y el olor de Tere y la contradictoria necesidad que sentía de pedir y obtener su perdón.

—No quiero que pienses que soy un salido —insistía Jose.

—¿Un qué?

—Un salido. ¡Que no soy un salido!

—Vale. Olvídalo, no pasa nada.

—¿Pero tú lo has olvidado, eh?

—Lo he olvidado, sí, no voy a estar pendiente de tus majaderías.

—¿Pendiente de?

—¡De tus majaderías, coño!

—¿De?

—¡Olvídalo, joder!

Enseguida llegó Gustavo, se puso a hablar con Tere, cabeza contra cabeza, a Jose se le iban los demonios, de manera que, tras echar una panorámica a la pista y no ver nada de interés —Javi y Merche bailando—, el chico, tras consultar su reloj mecánicamente, como si la hora importase, recogió la idea, madurada a intervalos desde la comida, de irse a El Chaparral.

Y se fue andando por la carretera, a oscuras, con la iluminación intermitente de los faros de los coches que circulaban. Y Jose pasó la noche con una uzbeka, rubia, pálida, delgada, de ojos grises y tristes que sólo hablaba inglés.

Al llegar a casa, después del banquete, Javi se las apañó para estar unos minutos a solas con Merche en su habitación. Estaba claro que la chica estaba mosqueada. Javi la tomó de la cintura con las dos manos.

—¿Estás enfadada, verdad?

—No —mintió Merche bajando la cabeza.

—Sí. Estás enfadada. O disgustada —Javi le levantó la barbilla con un dedo, buscando sus ojos.

—Un poco, sí.

—¿Por esa tía?

—Sí.

—¿Y por qué? —pregunta tonta.

—Hombre, pues por cómo te besó en la iglesia y por el numerito del restaurante —Merche hablaba bajito—. ¿Te parece normal?

—No, pero es que esa tía no es normal. No está bien. Está mal.

—Ya, pero...

—No está bien. Hace lo que hace porque no está bien. Es problema de ella.

—Ya, pero...

—¿Pero qué?

—Pero tú trabajas con ella, y no sé...

—¿No sabes qué?

—No sé... —Merche no se atrevía a decir más.

—Mer...

—¿Qué?

—Esa tía no está bien. Y punto. ¿Vale?

—Ya...

—Y yo te quiero, Mer.

—Ya...

—Te quiero mucho, churri.

—Y yo a ti.

—Pues ya está. ¿Vale?

—Sí...

—¿Un beso?

—Sí.

Y Javi besó a Merche en la boca, con extrema dulzura. Y Merche se dejó llevar, con los ojos cerrados, hasta que sus lenguas y sus salivas se buscaron y se mezclaron suavemente. Luego, Javi apretó a Merche entre sus brazos, fuerte, largamente, y pensó, convencido, que ese abrazo era toda la verdad que él tenía que transmitir a Merche, toda la verdad que él tenía que tener en cuenta.

Javi y Merche bailaron un rato más en el Cosmos. Javi encontró a unos amigos, y todos se fueron a seguir bailando en el Metrópolis.

Tere y Gustavo estuvieron cerca de una hora sentados en el coche de ella, en la explanada del puerto. El puerto de La Morera, que cierra el valle, tiene una explanada en la cima que da a otro valle y a las sierras que se recortan en la lejanía. Tere propuso ir allí, agotado el Cosmos, como había ido tantas veces desde su adolescencia. Se solía decir que estar allí, por la noche, era como estar frente al mar.

Tere se encontraba bien con Gustavo, para su sorpresa. Tere descubrió que Gustavo tenía una inocencia y una ingenuidad que le resultaban tan extrañas como benefactoras, lo cual, a buen seguro, algo tendría que ver, por contraste, con su experiencia en Madrid.

Gustavo hablaba de sus películas, de sus documentales, de sus cigüeñas, y Tere le preguntaba por amigos comunes, qué ha sido de Menganito, qué ha sido de Fulanita. Se reían recordando, se tocaban al quitarse la palabra.

—¿Te puedo besar? —preguntó Gustavo.

Tere esperaba algo así. Creía que, tarde o temprano, Gustavo la besaría, pero sin pedirle permiso.

—Sí —dijo Tere.

Y Gustavo la besó. Un beso corto. Y Gustavo encendió otro cigarrillo, y se puso a fumar mirando hacia el valle.

—¿Quieres follar? —preguntó Tere.

—No hace falta —dijo Gustavo sin mirarla.

Cuando Jose regresó a casa —Justa había prescrito que la puerta quedara abierta—, se encontró a Javi y a Merche dormidos, abrazados en su cama. Entró con cautela en la habitación de Tere y vio que también estaba dormida en una de las camas. Jose se acostó en la otra con cuidado de no hacer ruido.

No pudo dormir en toda la noche. Tenía unas ganas enormes, casi incontenibles, de despertar a sus amigos y decirles, incluso a Tere, que había hecho el amor por primera vez en su vida.

TERCERA PARTE
EL ATRACO

—CATEDRÁTICO, ¿TÚ CREES QUE DIOS ESTÁ EN LA hostia?

—¡Qué cosas preguntas, Ava!

—¿Lo crees o no?

—Dios es la hostia, más bien.

—¡Esa sí que es buena!

—Es que es así. El pan y el vino se convierten durante la misa en el cuerpo y la sangre de Cristo por el milagro de la transustanciación.

—¡Tela!

—¿Tú no has estudiado eso?, ¿tú no has ido a catequesis?

—Yo, a los diez años, ya pasaba mogollón de todo eso.

—Pues así es.

—¿Pero tú te lo crees?

—Hombre, yo soy agnóstico.

—Eso, perdona que te diga, es una mariconada.

—El agnosticismo es la razón que duda, que ni cree ni deja de creer.

—¡Una mariconada! Se cree o no se cree, y punto pelota.

—Hay misterios que el hombre no logra esclarecer, misterios ante los que la razón se detiene, no dice ni que sí ni que no.

—Un misterio es, por ejemplo, cómo te aguanto, Catedrático, con lo que hablas.

—Has empezado tú.

—Acabamos de echar un polvo, y te me pones a hablar del milagro de la transformación...

—La transustanciación.

—Como se llame, eso no viene ni en el diccionario. Alucino.

—Tú has sacado el tema.

—Es verdad, cari. Es que el otro día lo flipé. Mi hermana, la Sandri, es que se lo creía, tío, hizo la Primera Comunión, y es que se lo creía.

—Normal.

—Le vi la carita cuando le dieron la hostia mojada en vino, y es que se lo creía, se creía que se estaba comiendo a Dios.

—¡Lo dices de una manera!

—Los que comulgan se comen a Dios. Eso es lo que creen, ¿no?

—¡Dicho así!

—¿Y cómo quieres que lo diga?

—No me parece un tema de conversación ahora, la verdad.

—Es que yo, tío, alucinaba. ¡La Sandra se lo creía!

—Todos los niños que hacen la Primera Comunión se lo creen.

—¿Tú crees?

—Digo yo. ¿Tú no te lo creíste?

—No me acuerdo. ¿Y tú?

—Supongo que sí. Oye, Ava, ¿por qué no hablamos de otra cosa? No me parece un asunto adecuado para un momento así...

—¿Te parece una falta de respeto?

—Cada cosa, a su tiempo y en su lugar.

—¡Seguro que te parece una falta de respeto! Eres la hostia.

—Ava...

—Dices que eres agnóstico, pero te cagas. Crees que Dios te va a castigar. Seguro que lo crees.

—Ava...

—Tú eres medio cura.

—Ava...

—Me callo. A ver, cari, dime, ¿de qué quieres que hablemos?

—De cualquier otra cosa. ¿Fuiste a tu pueblo?, ¿estuviste con tus padres?

—Ja, mis padres. Mejor no hablar.

—¿Qué pasó?

—Nada. Eso es lo que pasó. Nada. Mi padre, de morros, como una pared, sufriendo a distancia por sus desgraciados hijos, aguantándose las ganas de partirnos la cara, perdonándonos la vida ahí a lo lejos, a lo lejos...

—No será así...

—¡Lo que yo te diga! Si no es por mi madre, nos atiza. Y mi madre, nada, siempre a la sombra de mi padre, siempre pendiente de que no se cabree. Le pedí dinero, y nada. ¿Tú crees que es normal que mi madre, con cincuenta tacos, no tenga un duro suyo?

—Eso pasa mucho. Matrimonios a la antigua, ya sabes.

—¡A la antigua, dice! ¡Pero si no tienen cincuenta años!

—Ya, pero están chapados a la antigua.

—¡En la prehistoria!

—Más o menos.

—¡No te digo! Mi madre podría haber sido otra cosa, tan guapa. Pero se casó con mi padre, que es un puto rollo, y ya ves...

—¿Y qué más?

—Pues nada. Mi abuela, bien. Está como una puta cabra. Es una cachonda, pero va a su bola. Y la Sandra, pues la Sandra, una cría muy maja, y ya está.

—¿Lo pasaste bien?

—Un muermo. Mi hermano y su novia, otro muermo. Y su amigo, un tal Jose, un piradillo. Un planazo. Salieron a la puerta de la casa a despedirnos, ayer, y yo, viéndolos a todos allí, dije: ¡puta familia!

—La familia es fundamental...

—¡Dijo el cliente a la puta!

—Ava...

—¡Es la puta verdad!

—Ava, ¿hay algo que no sea para ti el puto esto o el puto lo otro?

—Ya te tengo dicho que, si quieres oír hablar bien, te folles a las catedráticas...

—Ava...

—Te lo digo de verdad. Los veía allí, a todos, en la puerta, y yo me iba vacía, no sé como decirte, más fría que el chocho de una esquimal...

—Ava...

—Si no fuera por mi abuela, que la quiero un montón. Bueno, y a mi madre, la pobre. Y la Sandra es tan rica...

—Total, que les quieres a todos. Incluso a tu padre, como es natural. La familia, si se tiene, es lo único que tenemos.

—Ya. Y mi culo, un violín.

—¿No se dice un futbolín?

—Yo digo violín, soy así de original.

—Ahora que lo pienso, no andas descaminada. Un culo y un violín guardan cierta similitud.

—Y una polla y una olla, también. Aunque pocas veces.

—¡Lo tenías que estropear!

—Es que me estoy cabreando.

—¿Por?

—Te he dicho que le pedí dinero a mi madre, y tú, nada.

—¿Todavía necesitas el millón?

—Más que nunca.

—Ya te dije que yo no disponía de esa cantidad.

—Ya me lo dijiste, sí.

—Y así es. Lo siento.

—Se lo tenía que haber pedido a Gustavo.

—¿Quién es Gustavo?

—Un amigo del pueblo. Un tío, fíjate tú, que no me quiso follar.

—¿Y eso te sorprende? No le gustarás...

—¡Y una mierda!

—Será de la acera de enfrente.

—¿Qué pasa? Si un tío no te quiere follar, ¿tiene que ser maricón?

—No sé, tú sabrás.

—¡Tú lo has dicho!

—Bueno, era una idea...

—¡Una mala idea!

—Una mala idea, puede ser.

—No quiso follar, y le estoy dando vueltas al asunto, no te creas. Si me hubiera querido follar, me habría gustado. Pero no me quiso follar, y también me gustó. ¿Qué opinas tú, Don Sabelotodo?

—Yo no soy Don Sabelotodo. Yo sé poco y de pocas cosas.

—Vale. Corta el rollo. ¿Qué opinas?

—No soy experto en estos lances.

—¡Qué coñazo de tío! ¿Qué opinas tú?, te pregunto.

—En una película romántica, de las de antes, si el galán renunciaba a besar a la chica...

—Me besó.

—Mejor me lo pones. Si renunciaba a tener contacto carnal...

—¡Joder! ¡Contacto carnal! Lo flipo. Se dice follar. Sigue.

—... Igual quería darle a entender a la chica, no sé, que estaba enamorado de ella, que la quería para algo más...

—Un tío estaba enamorado de una tía, ¿y no se la quería follar? No entiendo.

—Te estoy hablando de las películas románticas, yo qué sé...

—Pues éste ha visto muchas películas, pero no me pega nada que se ande con tanto miramiento.

—Ya te he dicho que no entiendo de estos lances.
Piénsalo tú.

—¿Sabes qué?

—¿Qué?

—Que me lo voy a pensar.

Es lunes. El viernes será el atraco. Javi tiene el jueves
por la noche un examen sobre Diseño de Aplicaciones.
No es de los difíciles, pero tampoco fácil. Su curso de
diez meses ya está en su último tramo. Le darán un di-
ploma que le facultará para encontrar un trabajo espe-
cializado. Todavía no ha pensado a qué puertas llamar,
pero sabe que hay mucha demanda de analistas progra-
madores. El centro en el que estudia tiene muchos con-
tactos con empresas. La informática va a más. Tiene
mucho futuro, como diría Lorenzo. Podrá dejar la tienda de ultramarinos. Perder de vista a Mila, por fin. Y al
pobre Lorenzo, que le trata muy bien. Estar limpio con
Merche. Hacer planes. Planes para los que, con un poco
de suerte, podrá contar con algo de dinero. Maldito dinero.

El atraco. Qué locura. En peor momento, imposible. ¡Si no fuera por la Tere! Pero es cuestión de vida o
muerte. Se oye hablar en los periódicos, tantas veces, de
chicas en su situación que aparecen asesinadas. O apa-
leadas. O desfiguradas. O secuestradas.

Tere no ha querido saber nada de denunciar su caso a la policía. Dice que, entonces, la matarían en cuestión de horas. Que tendría que esconderse. Que sus padres se enterarían. Ni hablar.

No hay manera de concentrarse así. Ha salido a media tarde de la tienda y, aprovechando que los lunes no tiene clase, lleva un par de horas estudiando. Intentándolo, al menos.

¿Y si todo sale mal? ¿Y si los pillan? Entonces será él quien aparecerá en los periódicos, y sus padres se morirán del disgusto, y Merche le dejará, y arruinará su vida. ¿Quién puede estudiar así?

¿Y si pasa algo peor? Algo peor no va a pasar porque, desde luego, a la menor complicación, Javi piensa tirar la pistola al suelo y rendirse. Eso está claro. Como la pistola va a ser de juguete, él no hará daño a nadie y nadie le hará daño a él.

Pero se le ha metido en la cabeza que algo puede pasar. Y, por si acaso, ha decidido escribir una carta a Merche, decirle cuánto la quiere. Hacerle un regalo, dejarle un recuerdo. Ha pensado que le dejará la carta a Tere con el encargo de que se la dé a Merche si pasa algo. Porque a Tere, por supuesto, no le va a pasar nada. Ella sólo va a llevar el coche para aparcarlo cerca y salir pitando. ¿Y si le pasa algo a la Tere? ¡Dios!

Javi ha quedado en el bar de los Cecis con Jose para que le ayude a escribir su carta de amor a Merche.

Jose, al fin y al cabo, siempre está leyendo, y Javi piensa que, bien orientado, puede tener más facilidad y hasta más gracia que él para escribir una carta de amor.

El Jose está muy contento, podría decirse que eufórico. Y Javi no comprende cómo puede estar tan contento con la que se les viene encima. El Jose está feliz porque ha hecho, por fin, el amor con una mujer. Se ha quitado un peso de encima, un baldón, un complejo. ¿Quién iba a pensar que un chico como él no se hubiera estrenado todavía? A su edad. Pero es que al Jose, con ese hervor que le falta, las chicas no le han hecho mucho caso, y él mismo se ha sentido sin condiciones, sin atributos para gustar a una chica. Nunca había dado el paso.

En la noche del pueblo tuvo unas inmensas ganas, sí, de contárselo a su amigo. A todo el mundo. Incluso a Tere. Menuda metedura de pata hubiera sido, pensó después. Se habrían reído de él. Incluso su amigo Javi le habría tomado el pelo. Por tardón. La Tere, no digamos. O quizá la Tere se hubiera sentido molesta. Celosa, llegó a pensar el Jose.

Javi le preguntó, por descontado, qué había hecho esa noche. Y Jose respondió con evasivas, haciéndose un poco el interesante.

—Me perdí por ahí —dijo.

—¿Ligaste? —quiso saber Javi, aunque sin verdadero empeño.

—Sobra la pregunta —contestó Jose, calculando la exacta dosis de ambigüedad y enigma.

Lo mejor, por el momento, era no decir nada. Eso sí, actuar con nueva desenvoltura, dando a entender, cuando procediera, que su experiencia sexual tenía ya el tiempo y el rodaje que cabía suponer.

Jose, muy halagado por el encargo y muy satisfecho de poder ayudar a su amigo en asuntos de amores, ha venido preparado con papel y bolígrafo, pero, antes de ponerse con la carta, tiene algún otro tema que considera prioritario.

—Punto primero —dice—, hacerte saber que el asunto de las pipas ya está solucionado.

Javi no cae.

—¿Las pipas?

—El instrumental necesario para el trabajo —contesta Jose con prudencia, echando un rápido vistazo a las mesas de alrededor.

Javi sigue sin caer.

—La mercancía del Todo a Cien, que te dije.

—Ah, ya.

¡Por fin! Javi estaba en otra cosa, muy lejos.

—Venimos a lo que venimos y tú me hablas de lo que me hablas —se queja a Jose, haciendo con dos dedos la silueta de una pistola.

—Pero es que estamos a lo que estamos, Javi —responde Jose—, si es que estamos.

—Estamos. Pero ahora estamos...

—¡Espera! —corta Jose—. Punto segundo: las caretas para el baile de disfraces, ¿lo pillas?

—Lo pillo, sí. Pero...

—¡Un momento! Yo quería que tuviéramos dos iguales, pero resulta que sólo hay una de Spiderman, que es la más guay. ¿Tú quieres la de Spiderman o la otra que es...?

—Me la suda, Jose, coño —se enfada Javi—. ¡Me sopla la polla, la puta careta!

Jose se ofende. Lo de siempre. Jose pone interés, tiene, a su modo, su rigor, su esmero, y Javi no parece apreciar los detalles, el cuidado que dedica, especialmente por agradarle, a las pequeñas cosas. Javi, como siempre también, se da cuenta de cómo hiere a su amigo y rectifica.

—Como quieras tú, Jose —dice suave—. Decide tú. Lo que tú hagas estará bien hecho.

Jose acepta las disculpas. Como siempre, también.

—¿Algo más? —pregunta Javi.

—Negativo. Tú dirás —responde, muy digno, Jose.

Y, a continuación, saca sus papeles y su bolígrafo, y adopta algo así como la pose de un secretario. O, mejor, de alguien que va a tomar notas sobre los deseos de un cliente para realizar mejor el trabajo que le va a ser encargado.

Javi le explica que se trata de decirle a Merche que la quiere mucho, que la ha querido mucho, que le hubiera gustado vivir toda la vida con ella, y tal, y eso.

Jose, que no ha apuntado nada, tiene la idea de hacer las cosas bien hechas, con calma, sin improvisar y le propone lo siguiente: hacer un borrador en casa —dice—, escribir la carta en sucio, y que luego Javi la adapte a su gusto, porque eso le permitiría, por ejemplo —sigue diciendo—, copiar alguna frase de alguna canción o, no digamos, copiar alguna frase de alguno de los libros de poesías que tiene su padre. Porque su padre tiene muchos libros de poesías de amor.

—¿Qué te parece? —pregunta Jose.

—Bueno, vale, me parece bien. Pero no te pases, que la Merche ya sabe que yo no soy un literato. Además, joder, si coges frases de canciones o de poesías, tendrás que cambiarlas, disimularlas, no vaya a ser que Merche se dé cuenta de que las he copiado.

—Por supuestísimo —tranquiliza Jose.

Y añade:

—Otra cosa más. ¿Quieres que haya algo en plan calentón?

—¿En plan calentón? —se extraña Javi.

—En fin, no sé, ya me entiendes, algo que le ponga a la Merche...

—Coño, Jose, si la Merche llega a leer la carta, se supone que es porque nos han trincado. O porque yo estoy muerto. No pega nada un calentón.

—Te lo decía porque, o sea, con respeto, yo podía poner algo... O sea, en plan de sexo y tal, como recordando... ¿Me entiendes?... O sea, yo, de mi cosecha, de mis experiencias, podía... Si te parece...

—Pues no, no me parece. Tú, tus experiencias te las guardas para ti, no las vas a meter en una carta mía a la Merche, joder.

—Como si fueran las tuyas con ella, digo, o sea...

—No me parece, no.

—Como tú lo veas —concluye Jose con seriedad.

Tenía que decirlo. Jose le ha dado a entender a Javi que él ya tiene experiencia en el sexo, y Javi no ha dicho nada. Lo ha aceptado como lo más normal. Eso, para Jose, significa un desahogo, un triunfo, una confirmación. Está feliz.

—¡Tengo una idea! —exclama Jose.

—Mucho ojo con tus ideas —recela Javi.

—Descuida. Va a molar.

Y es que a Jose, de pronto, se le ha ocurrido escribir la carta como si fuera, al menos en parte, la carta que él escribiría a Tere.

Es martes. Jose pretende repasar, en casa de Javi y Tere, el plan del atraco. Ha dicho que lo habitual es que los miembros de una banda echen con antelación un último vistazo a su plan y que, luego, una vez concertado todo, no se vean más, en las horas previas, para no contagiarse el nerviosismo. Javi le ha preguntado que de dónde ha sacado semejante idea, y Jose ha dicho que de las películas.

Están en el cuarto de estar. Jose protesta porque Tere no ha aparecido.

Habían quedado a las dos y media, y son las dos y media, y Tere no se ha presentado. Javi, molesto, dice que ya vendrá. Jose curiosea las revistas de Javi: de video-juegos, de motos, de informática. Javi pone la tele. Tere llega a las tres menos veinte y pide disculpas. Jose le dice que hay que ir acostumbrándose a la puntualidad. Tere dice que ha llegado solamente con diez minutos de retraso y que a ella la puntualidad se la suda. Javi le dice a Tere que se calle la boca y que prepare algo de comer. Tere no rechista, se va a la cocina y prepara unos sándwiches de jamón, queso, lechuga y kétchup. Tere trae la comida en una bandeja, y Javi dice que faltan las cervezas, y Tere le dice que vaya él a buscarlas y que ya le vale. Javi no dice nada y va a buscar las cervezas a la nevera, y vuelve, y se sienta en el sofá con los otros dos, y le dice a Jose que puede empezar cuando quiera con el repaso.

—¿Podemos esperar a que acaben Los Simpson? —dice Jose, señalando hacia el televisor y dando un mordisco a su sándwich.

—¿Para eso, tanto rollo con la puntualidad? —dice Tere, enfadada.

—Eso —apostilla Javi.

—Son cosas distintas —aclara Jose—. La puntualidad es una cosa, una norma que conviene respetar por sistema. Pero, una vez que ya estamos todos, ahora no hay ninguna prisa. Podemos comer, terminar de ver Los Simpson y ya, más relajados, repasar el plan.

—No tengo toda la tarde —dice Tere.

—No es mala idea —dice Javi.

Y siguen comiendo y viendo los dibujos animados. Javi comenta que Homer es su personaje favorito, por burro y por vago. Jose dice que su preferida es Margie, la madre, porque es comprensiva con todo el mundo y siempre trata de solucionarlo todo. Tere dice que no soporta a Lisa, la niña, porque es una pedante y una cursi. Jose dice que ahí está la gracia, y Tere dice que no le ve la gracia por ningún lado y que ella estrangularía a esa niña repipi y sabionda. Jose insiste en que ahí está la gracia, y Tere dice que Jose la encuentra graciosa porque, ahora que cae, a veces le recuerda a él, a Jose, cuando se le cruza un cable y se pone a hablar en plan rebuscado.

—Eso te lo paso por alto —dice Jose.

Terminan Los Simpson, y terminan de comer, y Javi apaga la tele cuando va a empezar el Telediario, y nadie ha dicho nada de Bart.

—A lo nuestro —dice Jose.

Jose aparta un poco los platos del centro de la mesita, saca un folio en blanco, saca un bolígrafo, dibuja un ángulo recto en el papel y, en el vértice del ángulo recto, hace una cruz y la señala con un dedo.

—Este es el banco, que está en la esquina de estas dos calles, ¿de acuerdo?

Los otros dos dicen que sí con la cabeza, y Jose dice que lo mejor es que él explique el plan de un tirón y que luego vengan las preguntas y las dudas. Los otros dos dicen que sí, que vale.

—A las ocho y media en punto estamos todos en el coche de Tere. Primero, ha llegado Tere. Después, ha entrado Javi. Después, me he metido yo. Pero a las ocho y media en punto estamos los tres dentro del coche y arrancamos. Llegamos hacia las nueve, más o menos, a esta calle de aquí, y aparcamos. Yo me bajo y, desde lejos, compruebo que los seguratas del furgón entran y salen. Vuelvo al coche y reparto las pipas y las caretas. Javi y yo tenemos que llevar una chupa apretada para esconder dentro las pipas y las caretas. Javi y yo nos bajamos del coche y llegamos a la puerta del banco. Yo compruebo que hay pocos clientes, y, si hay muchos, esperamos hasta que haya menos. Entramos por la primera puerta y antes de pasar por la segunda, nos ponemos las caretas y sacamos las pipas. Entramos por la segunda puerta, y gritamos que esto es un atraco, y Javi se va al despacho que ya sabe, a por la piba que manda en el banco, la jefa, y a por los dos pringaos que trabajan en las mesas. Yo, mientras tanto, me ocupo del se-

gurata de dentro, que estará leyendo el *As,* el muy capullo...

—Joder, eso es lo de menos —dice Tere.

—De acuerdo. Hemos dicho de no interrumpir
—dice Jose—. Sigo. Yo me ocupo del segurata, de algún cliente que pueda haber y del tío del mostrador, al
que le obligo a darme todo el dinero que tenga en su
mesa. Les llevamos a todos encañonados hacia el cuarto
de atrás, nos metemos con ellos en el cuarto y le pedimos la pasta a la piba. La piba saca la pasta de la caja
fuerte, y la metemos en las bolsas que llevamos, que se
me ha olvidado decir que cada uno lleva una bolsa, y,
con la llave que le pedimos a la jefa, los encerramos a
todos en el cuarto. Salimos cagando girasoles, pero,
bueno, con calma, para no llamar la atención en la calle.
Nos vamos adonde Tere nos espera con el coche, y nos
abrimos. ¿Alguna pregunta?

—Oye, Jose... —Javi va a decir algo.

—Perdona —interrumpe Jose—. Se me ha olvidado comentar que, como es lógico, tenemos que llevar
guantes. Eso me ibas a decir, ¿no?

—No —responde Javi muy serio—. Te iba a decir
que si no te parece que este plan es una puta mierda.

Jose no dice nada. Se echa hacia atrás hasta recos-
tarse en el respaldo del sofá. Baja la cabeza, deja caer la
mirada sobre sus piernas, suspira muy lentamente y,
con un histrionismo inhabitual en él, con un histrionis-

mo que ahora le sale de los corredores más profundos de su laberíntica inteligencia, vuelve a dibujar una pistola con dos dedos y dirige su mano a la cabeza de Tere.

—¡Pum! —dice, simulando, con ruido y todo, un disparo en la sien de la chica.

Interrumpiendo un largo y consternado silencio, Jose vuelve a decir:

—¿Alguna pregunta?

Después de más de media hora de preguntas, reparos y precisiones, después de media hora de respuestas y soluciones improvisadas por todos, Javi, Jose y Tere tienen el plan más minucioso y servible que podían llegar a tener para el atraco.

Tere se pone en pie y anuncia que se va. Jose le pide un mechero y, levantando en el aire el folio en el que ha dibujado el ángulo recto y la cruz, comienza a quemarlo por un extremo. Mientras arde el papel, Jose dice:

—Conviene eliminar cualquier pista.

En el bar de los Cecis hay un poco de alboroto. Don Julio, el que moja churros en la cerveza, está un poquito alterado. Suele suceder de vez en cuando. Don Julio tenía hasta hace poco una cestería, y no hacía ronda de bares hasta después de las ocho. Hace unos meses le compraron la cestería para instalar un locutorio y, desde que tiene todo el día libre, comienza su patrullaje por los bares a media mañana. Pide una caña, se toma la tapa que le ponen, pasa las hojas de un periódico de la casa, echa un vistazo a la tele, glosa con los camareros y la clientela la actualidad del día, da unos sorbos a la cerveza y, dejando el vaso por la mitad, se despide hasta otro momento —«hasta otro momento», suele decir— y se va al bar de al lado a repetir idéntico protocolo.

Hacia las cuatro de la tarde, suele retirarse a casa a echar una siesta. Reaparece en el circuito antes de las siete, reconfortado por el sueño y por lo que se adivina como un revitalizante lavado de cara con agua fría, patente en el pelo humedecido y muy labrado por el peine, y vuelve a hacer exactamente la misma ronda hasta la hora del telediario.

Don Julio es soltero, y no se le conocen relaciones ni compromisos familiares. Tiene el rostro abotargado y colgón, ojos de pez con bolsas muy cargadas y unos labios carnosos y blandurrios que se desdoblan.

A don Julio se le calculan, por lo bajo, entre mañana y tarde, unas veinte cañas diarias. Lo cierto es que, como no llega a beber ni la mitad de cada vaso, el total se podría dejar en unas diez. La sangre de don Julio mantiene desde hace tiempo un ecológico equilibrio con el alcohol. La una ya está acostumbrada a la pacífica

simbiosis con el otro, y viceversa. El periodo prolonga-
do y secuenciado de la ingesta, unido a lo relativamente
extenso del itinerario realizado a pie, al estimulante aire
de la calle y a la tregua reparadora de la siesta, hacen
que el nivel de perturbación de don Julio no rebase,
por lo general, su línea de flotación, esto es, la señal roja
a respetar para no irse a pique.

Sin embargo, y de Pascuas a Ramos —una vez por
semana, en realidad—, los camareros de cada establecimiento, nada más verlo entrar, ya coligen que don Julio
se ha encontrado cómodo, sin prisas, en los locales pre-
cedentes, y no sólo ha podido llegar a terminar cada
caña, sino a gratificarse con otro vasito. O, a la inversa,
un íntimo desasosiego o una conflictiva relación con la
coyuntura informativa, también pueden ser las causas
de una escalada de la tensión etílica.

Hoy, el Gobierno de la Nación ha disgustado a
don Julio con alguna decisión, a su juicio, vituperable,
pues don Julio está exhibiendo su viejo carné de Falange Española, detalle que, por repetido, indica por sí
mismo que su desazón y la mudanza de su natural pací-
fico tienen su raíz en la política.

Mientras, entre la indiferencia general, blande su
carné, previamente extraído de su billetera, don Julio
se crece en su asonada.

—¡Y yo he sido, ojo, de la Falange socialista y re-
volucionaria! ¡Antifranquista!, ¡antimonárquico! y ¡an-

ticuras! Al Rey, que le den un empleo en el ayuntamiento, y a trabajar como todo el mundo. Y los curas y las
monjas, ¡a vendimiar!, que así no vendrían tantos mo-
ros. Y que conste que yo no soy racista...

Y esto lo dice ante Wagner Carlos, el camarero
ecuatoriano que los Cecis tienen en la barra y que le escucha sin pestañear.

—Y yo no tengo nada contra ti, ¿eh? —siempre
acaba por darse cuenta—, que tú tienes tus papeles en
regla y curras honradamente... ¡Y mejor que mucha
gente normal! Anda, majo, ponme otra y dame un
churrito.

Jose y Javi esquivan con cuidado a don Julio, que
transita durante sus mítines por un amplio territorio, y
van a instalarse en las mesas del fondo. Jose, después de
la concienzuda verificación del plan, ha propuesto tomar un coñac para brindar por el éxito. Javi, que entra
en la tienda a las cinco, ha aceptado con la condición de
que sea rápido.

—Imagínate una cosa —dice el Jose después del
brindis—. Imagínate que, por una casualidad, pillamos
mil millones en el banco...

—Jose...

—Ya, ya. Ya sé que no habrá mil millones en el
banco. Es una suposición. Tú imagínate que pillamos
mil millones. ¿Qué harías tú con tu parte?

Javi no quiere entrar al trapo.

—No tengo ni idea —dice sin interés.

—Joder, Javi, tú imagínate que te caen trescientos kilos. ¿Qué harías?

—Ni zorra idea, Jose, no sé, no he pensado en eso. Oye, de aquí al viernes, no vayas a beber más, ¿eh?, y nada de petas...

—Coño, Javi, ¿por quién me tomas? Yo sé hacer las cosas bien cuando hay que hacerlas, ¿o no?

—Pues eso.

—Tú imagínate...

—Jose...

—¿Sabes qué haría yo?

—No.

—Yo me compraría una finca en el pueblo de mi padre, que es de León, ¿sabes?, y me arreglaría una casa de puta madre, y me iría para allá con mi viejo, y con la musiquita, y con los libritos, y me buscaría una pibita, y me haría agricultor.

—¿Agricultor, tú? ¿Desde cuándo?

—Mola. Le estoy dando vueltas.

—¡Pero si tú no tienes ni puta idea del campo!

—Aprendería. Mi viejo tiene parientes que son labradores y que tienen bichos. Se enrollarían. Me enseñarían.

—Tú, agricultor. No sabes lo que dices.

—Bueno, vale, es tu opinión —Jose, chafado—. Yo le estoy dando vueltas. ¿Y tú? Venga, imagínate...

Javi está tratando de imaginar desde que Jose le ha incitado, pero no se le ocurre nada. Está a oscuras. No ve nada. Y está empezando a tener conciencia —difusa, a tientas— de que nunca ha imaginado nada sobre sí mismo y su porvenir.

—¿No tienes algo que te haga mucha ilusión? —insiste Jose con su sueño en la cara.

—¿Como qué? —Javi quiere pistas para imaginar algo cuanto antes.

—No sé. Comprarte un piso cojonudo —Jose enumera a voleo—, comprarte una moto de putísima madre, montarte una empresa de la hostia para ganar mucha más pasta, no sé, casarte con Merche y tener todos los hijos que te salgan de los cojones, no sé...

Javi tampoco sabe.

—Bueno, sí, todo eso estaría bien.

Pero Javi nunca ha pensado en todo eso. Ni en nada. En un soplo, pasa por su cabeza la idea de que se fue del pueblo por irse, estudia por estudiar y tiene novia por tener.

—¿No tienes un sueño? —vuelve a insistir Jose, ahora casi entristecido por la falta de ilusión o de imaginación de su amigo.

—Da igual que tenga o que deje de tener un sueño, tío. En el banco no va a haber mil millones —zanja Javi y mira su reloj—. Me las tengo que pirar, tío.

Y se levanta.

—Espera —dice Jose.

Y saca un papel de uno de los bolsillos de sus vaqueros.

—Toma —dice—. Es la carta para Merche. Me ha quedado muy guay, pero tú cambia lo que quieras.

Javi toma el papel.

—Vale. Gracias —dice.

Y se va.

TERE Y JAVI NO HAN HABLADO UNA PALABRA DE SU ESTANCIA en el pueblo. Entran y salen, se cruzan con horarios distintos, apenas se ven. Tampoco tienen mucho que decirse sobre la visita. Tere prefiere guardar el secreto de su frustrada petición de dinero a la madre. Piensa, cree saber que, fuera cual fuese su modo de contarlo, se ganaría una reprimenda de Javi: por haber levantado la liebre de sus necesidades económicas, por haberse rebajado a pedir, por dar a entender que no les va bien, por infundir sospechas, por cualquier cosa. Javi la reñiría. O la tomaría con la madre, con su sometimiento al padre, con su falta de autonomía y de independencia de criterio. Y Tere quiere proteger a Lucía, quiere preservarla, mantenerla aparte del rencor que concentra en el padre. Es como si, dejándola al margen de los reproches que su padre le merece, la tuviera disponible, recuperable, accesible para abandonarse o confiarse a ella en una circunstancia extrema. ¿Pero no es ésta una circunstancia extrema?

Javi tampoco ha dicho nada. Ha escondido a Tere, por supuesto, la tentación que tuvo de pedir ayuda al padre. ¿Qué diría Tere cuando, de alguna forma, el enfrentamiento que el padre y el hijo mantienen por su marcha del pueblo es la base de su alejamiento? Tere lo consideraría un paso atrás, una bajada de pantalones. Se desconcertaría, lo interpretaría como una señal indicativa de crisis, de la conveniencia de rectificar el rumbo que los llevó a Madrid. ¿Y acaso no sería oportuno un cambio de orientación?

Los dos guardan silencio, y es un silencio, como tantos silencios, que tapa la verdad. Aunque, si hablaran, lo probable es que su disposición a discutirlo todo les impidiera sincerarse, encontrar el punto de encuentro del que, con probabilidad, no están tan lejos.

Pero ese silencio no es sino una prolongación del que, con palabras mal dichas y con los sentimientos de fondo sin desvelar, mantuvieron todos en el pueblo, alejándose, ocultándose unos de otros, evitando —salvo los amagos que cada uno conoce— poner en claro las cosas, eligiendo no estar, no ver, no saber, haciendo como si nada, optando por salir adelante, simplemente, en las situaciones en las que, con Sandra y su Primera Comunión de por medio, y con la presencia de dos personas, Merche y Jose, ajenas a la familia, tenían que asegurar los mínimos de la convivencia.

¿Y la abuela? Tere y Javi coinciden, sin haberse puesto de acuerdo, en que a Justa nada se le podía pedir ni decir. La abuela, bajo cuerda, colabora con dinero en los estudios de Javi y en el pago del piso en el que viven. La abuela, también bajo cuerda, impulsó su salto a Madrid. Si no han querido excitar la cólera de sus oponentes, los padres, tampoco han querido instigar el disgusto y la decepción de quien ha sido favorable a su decisión. La abuela, además, no se habría quedado conforme con las explicaciones. ¿Dinero para una inversión? Habría hecho preguntas, habría sabido indagar en los gestos de su angustia.

Por todo ello, Javi tiene en la tienda de ultramarinos la sofocante sensación de estar viviendo una pantomima, una comedia de fingimientos que, en realidad, tiene visos de drama.

Lorenzo, con lo mejor de su bonhomía, con la candidez que el vino no enturbia, le ha ponderado varias veces el fin de semana.

—Qué bien salió todo, eh, Javi. La misa fue preciosa. Qué bonita estaba la parroquia, con tantas flores. Dicen de Hermógenes, pero yo veo que es un hombre que hace muy bien las cosas, pone empeño en agradar. Estaba todo muy cuidado. A mí, desde luego, Hermógenes me gusta mucho más que aquel don Avelino, que era un carcamal. No dialogaba. Todo se tenía que hacer a su manera. Como en Trento. Esos curas viejos es que te quitan la fe, vamos, la poca que tengas. Menuda boda nos dio a Mila y a mí. Me acuerdo de cuando tuvimos que ir al cursillo prematrimonial, que era obligatorio, no sé ahora, ¡menudas charlas nos dio!

Javi intenta sacar algo en limpio de sus apuntes, y Lorenzo, con su facundia, le distrae.

—¡Tú sí que le estás dando la charla! —le dice Mila desde su banqueta—. ¿No ves que el chaval está estudiando?

Lorenzo se vuelve hacia su mujer.

—Algo se podrá comentar, ¿no? Es que todo salió a pedir de boca. La Sandra estaba guapísima, y menuda comida que nos dieron, aunque, para mi gusto, la merluza estaba un poco mustia. ¡Congelada sería!

—Si te parece, iban a poner merluza fresca para ciento y pico —apostilla Mila—. ¡Qué ingenuo! Las Almenas es el negocio del siglo y, si pones merluza fresca, no puedes cobrar esos precios, y no te va nadie, y se acabó el chollo.

Javi encuentra en Mila la dosis previsible de amargura y ve a Lorenzo, una vez más, en la inopia, ajeno a las corrientes de fondo que, a unos más que a otros, les zarandearon las piernas en el fin de semana bajo las aguas tranquilas, algo picadas si acaso, de la superficie.

Lorenzo no se enteró de ese beso de Mila, casi en los labios, ni le dio mayor importancia, desde su propia nebulosa, al asalto de Mila cuando el baile. Al fin y al cabo, lo normal en una celebración es beber un poco más de lo debido y perder un poco el tino. Sin consecuencias. Todo el mundo comprende, piensa Lorenzo, que se sabe candidato a un incidente semejante.

Al cierre de la tienda, Lorenzo se va, con el gregario Castillo —que ha dado a conocer que él también, para no ser menos, tiene una Primera Comunión la semana siguiente—, y Mila intercepta a Javi cuando acaba de dejar su uniforme en las taquillas.

—Ya me dijo tu madre que os va fenomenal... —así empieza Mila.

Mila cuenta que Lucía habló con ella de lo bien que les iba a los chicos, Tere y Javi, en Madrid. Javi, acabando el curso de analista, con idea de montar un pequeño negocio. Tere, muy contenta en Telefónica, con la posibilidad de que la hagan jefa de sección. Pena me da, ya sabes, no tenerlos aquí, pero, en fin, son sus vidas, dijo Lucía, y tienen que vivirlas.

Javi no se extraña de que su madre disimule. Es lo que siempre ha visto hacer en el pueblo, con los que se quedan y con los que se marchan. A todos les va bien, todos están satisfechos. Con lo que tienen y con lo que proyectan tener. Es otra ley del silencio, la ley que tapa las vidas desgraciadas, las biografías desafortunadas,

los errores y el sufrimiento. Nadie dice la verdad. Todos callan. Son los demás, los otros, con un veneno
trivial que está en la sangre, los que, de espaldas a las
familias, a los interesados, dicen la verdad, sacan los
trapos sucios, difunden los secretos bien guardados. Y,
si no, inventan, magnifican indicios, difunden a media
voz bulos que se convierten en verdades que nadie cues-
tiona.

—Tu madre y yo fuimos juntas al colegio —dice
de pronto Mila, sin venir aparentemente a cuento—.
Ella era más pequeña que yo, muy mona. Tu abuela la
vestía y la peinaba muy bien, era una niña que se hacía
notar, que destacaba...

Mila se echa a llorar. Javi no sabe qué hacer.

—Mila...—dice, y no hace nada.

Mila se quita con una mano las lágrimas que le
caen por las mejillas.

—¡Me siento tan sucia! —dice.

Es jueves. Javi acude, a última hora de la tarde, a la
academia y hace un examen pasable. Podrá tener un
aprobado, piensa. No ha llegado a la calle, y ya está lla-
mando a Merche. No se han visto desde el domingo. La
excusa, estudiar para el examen. Eso era, desde luego,
también una necesidad. Pero Javi ha rehuido la compa-

ñía de Merche porque su congoja ante el atraco no soportaría la presencia de la chica.

Merche representa para él, y a veces eso mismo le enoja, un mundo sin macha, una ejemplaridad que le interpela. Es la chica perfecta: hermosa sin estridencias, buena sin afectación, laboriosa y cumplidora, clara de alma, centrada y, aunque no sepa exactamente lo que quiere, sabe en qué dirección y con qué medios legítimos averiguarlo.

Javi ha echado de menos a Merche cada minuto, pero no ha podido compartir con ella su extrema inquietud. Imprescindible para él, pero ajena igualmente desde la ignorancia de sus planes y, sobre todo, desde una virtud irreprochable que no se puede mezclar con sus propósitos sin contaminarla. Sin contaminarse él de un candor que siempre necesita, pero que ahora —intuye— lo desquiciaría.

Han hablado algo por las noches. Poco. Ahora Merche no contesta. No está en su casa. Tiene el móvil apagado o fuera de cobertura, dice la voz.

Javi toma el metro y va para su casa con la boca seca. Se siente, perseguido por el miedo y la conciencia, como el fugitivo de un penal ante la imposible travesía de un desierto que le hará libre.

El Jose se ha tomado al pie de la letra sus propias consignas y ha pasado la tarde en casa, concentrado como un futbolista en su hotel ante un partido decisivo.

Su padre está algo extrañado por tan inhabitual enclaustramiento.

—Quería decirte algo —dice Jose.

—¿Ah, sí? Pues dime.

—Tú ya sabes lo que quiero decirte —el Jose se frota las manos, su tic nervioso.

—¿Yo? ¡Cómo voy a saberlo! —el padre deja de leer el periódico.

—Lo sabes.

—Bueno, para ti la perra gorda.

—El dinero —suelta el Jose.

—¿Es eso?

—Sí. El dinero. Lo sabías, ¿verdad?

—No es novedad, hijo.

Jose se asombra.

—¿Lo has notado otras veces?

—Pues claro.

—¿Y nunca me has dicho nada?

—Deja de frotarte las manos, que te las vas a pelar.

—¡Nunca me has dicho nada!

—La primera vez estuve a punto, pero me lo devolviste rápido. Las otras veces pensé que también me lo devolverías, y así fue.

—Pocas veces, eh —aclara Jose.

—Algunas.

—¿Y no lo cambiabas de sitio?

—Ah, no. Ya que me hablas de ello, te voy a decir mi truco: si cambiaba el dinero de sitio, tú podrías llegar a pensar que yo lo sabía, y se podrían complicar las cosas. Al no cambiarlo, yo siempre sabía en qué momento lo cogías y, por supuesto, cuándo lo devolvías. Yo sabía siempre más que tú, y así te controlaba mejor.

El Jose se queda de una pieza, culpable ante la bondad de su padre, admirado por su inteligencia. Y, además, tiene una vaga intuición sobre cómo él ha descontado de la valoración moral de su comportamiento el robo que le hacía a su padre. Robo, no —piensa—, el préstamo que le tomaba sin su permiso, tranquilizado por su intención de devolverlo, aplacado siempre por el hecho de lograr restituirlo. Pero ahora se desasosiega de pensar que ha podido disgustar, inquietar a su padre.

—¿Me perdonas?

—Estás perdonado.

—Pero ahora ya me has contado tu sistema y...

—Y así ahora no volverás a cogerme dinero. Me lo pedirás. Me dirás para que lo quieres...

—Esta última vez ha sido para comprar el regalo...

—No, no. No me digas para qué ha sido esta última vez. Ha sido la última vez, me lo devolverás como siempre, y ya está. ¡A otra cosa!

Jose no tiene la oportunidad de explicar que tomó el dinero para comprar la Wii de la Sandra.

—Te lo devolveré, sí. Precisamente, tengo un bisnes...

—Un bisnes. No quiero saber de tus bisnes. El restaurante chino, ¿otra vez? ¿Te cogen para repartir la propaganda?

Jose va a decir que no y, con bastante seguridad, va a meterse en un jardín.

—Deja, deja —se adelanta el padre—. Mejor, no saber nada.

En eso, el padre, al menos por una vez, se equivoca.

—Menos besuqueos, anda —dice el padre, apartando con las manos como puede a un Jose que se obstina en abrazarlo, pedirle perdón otra vez y prometerle la total enmienda.

—¿Un poco más de té, papa? —el Jose se desvive.

—Una miaja, si acaso.

Reacomodado en el sofá del salón, tras reponer el té en la tacita de su padre, Jose cambia, hasta cierto punto, de tema.

—Tenemos que poner una huerta, papa —dice.

—¡Vaya! ¡Te ha pegado fuerte el Cándido!

—Me ha gustado mucho, sí. Y es verdad, estoy de acuerdo con él, tenemos que poner una huerta. Si..., si a mi me tocara la lotería...

—Para eso tendrías que jugar, Jose.

—¡Es que juego!, ¡últimamente juego!

—Primera noticia.

—Poco, pero juego.

—Si te tocara la lotería, ¿qué?

—Si me tocara la lotería, compraríamos una casa y una huerta en tu pueblo, y nos iríamos para allá...

—¡Para huertas estoy yo, con estos riñones!

—Yo me ocuparía.

—Sí, tú, un agricultor nato.

—Aprendería.

—Del aire ibas a aprender tú.

—Aprendería —remacha Jose.

Y ambos se sumen en ese silencio que, tantas veces, viene detrás de los sueños que no se pueden cumplir.

—O sea, que te ha gustado el libro... —el padre quiere hablar del libro.

—Mucho. Y te iba a preguntar: ¿tú crees que todo lo que sucede en la vida, incluso lo malo, es para bien?

—Sobre eso habría mucho que hablar. Voltaire era un guasón, ¿sabes? Tenía un humor muy afilado. No hay que tomarlo al pie de la letra.

—¿Y cómo hay que tomarlo?

—¿A ti qué te parece? —demasiada pregunta para Jose.

—Pues no sé. A Cándido le pasan muchas cosas malas, pero acaba teniendo una huerta...

—¡Y una mujer horrorosa de fea! —se ríe el padre.

—¡La jodida Cunegunda! —también se ríe Jose—. Perdón.

—Yo creo que el libro nos dice dos cosas, a ver qué te parece —se esmera el padre—. Que lo malo, incluso lo peor, de la vida puede ser bueno si sobrevivimos a ello, si nos hace más fuertes, si aprendemos de ello. Y aprender de la vida es llegar a saber que lo esencial es trabajar tu propio huerto, lejos de la ambición de glorias, riquezas, vanidades. Yo veo la huerta como metáfora de una aspiración humilde, manejable. ¿Qué te parece?

—¿Qué es metáfora? —pregunta Jose.

—Anda, y búscalo en el diccionario, que yo voy a orinar —responde el padre, levantándose de su sillón.

Y mientras el padre va a orinar y el hijo busca en el diccionario, Javi llama y llama a Merche. El teléfono está apagado o fuera de cobertura.

Es viernes. Nueve menos cuarto de la mañana. Nada más entrar en el coche de Tere, el Jose saca de una bolsa de plástico las dos pistolas y las dos caretas y las reparte con Javi. Las pistolas de juguete imitan a un Colt, están fabricadas en China, son grises metalizadas, tienen un refuerzo negro en las culatas y una inscripción en el cañón que dice: «USA Military».

Javi empuña la suya con una mezcla de temor y admiración.

—Parece de verdad —dice.

—Como que están prohibidas. Ya te dije —constata el Jose, satisfecho.

La careta de Javi es del Pato Donald.

—Si quieres, te la cambio por la mía —vuelve a ofrecer el Jose, un poco con la boca pequeña, pues observa con satisfacción su máscara de Spiderman.

—Que no, que paso, que da igual —rechaza Javi.

Jose explica entonces que deben encajar sus pistolas en el cinturón y taparlas con sus respectivas cazadoras, que, una vez cerradas, ocultarán también las caretas. Y cuando indica cómo hacerlo, resulta que se rompe la cremallera de su chupa, de modo que no se puede cerrar.

—¡Vaya mierda! —dice Javi—, ¡vaya mierda!

—No pasa nada —improvisa Jose—, la sujetaré con el brazo, así.

E indica cómo lo hará, la careta escondida dentro de la chupa, a la altura del sobaco, y sostenida por el brazo presionando el costado.

Tere, que no habla y sólo fuma, dice ahora:

—¿Nos vamos de una puta vez?

Y Jose dice que sí.

Tere arranca el Clio y, atendiendo las instrucciones de Jose, sigue la ruta que lleva hasta el banco.

—¡Y tenía que llover! —se queja Tere.

—Eso da lo mismo. Son cuatro gotas. No nos afecta para nada —zanja Jose, que va sentado delante.

—Da mal rollo —insiste Tere—. Un día feo da mal rollo.

—¡Déjate ahora de malos rollos, joder! —corta Javi desde atrás.

—Eso. Tú pon un poco de musiquita —dice Jose señalando la radio—. Pon el *¡Anda ya!* de *Los 40,* que lo mismo echan la prueba de los novios.

—Y tú, que vas de *jevi,* ¿oyes *Los 40?* —objeta Javi.

El Jose se siente en evidencia.

—Es que la prueba de los novios mola —se defiende.

—¿Y eso qué es? —pregunta Javi.

El Jose se gira hacia atrás para contestar.

—Pues verás, una tía del programa llama por teléfono a un tío, ¿no? y le dice, por ejemplo, que es una vecina suya del barrio y tal, y que le gustaría conocerlo porque lo ve todos los días en la parada del bus y tal, y se le pone un poco insinuante y tal, y el tío se va poniendo cachondo, y la tía le dice que si quedan en su casa para estar más tranquilos y tal, y el otro pica y tal, y, ah, se me ha olvidado decir que el tío tiene novia, claro, que es lo fundamental, ¿comprendes?, el tío tiene novia, y unas veces lo dice y otras no, ¿comprendes?, el caso es que la tía que llama lo va calentando y tal, ¿no?, igual le dice que si le gusta la ropa interior roja, porque ella lleva bragas rojas y tal, y el tío no puede más, y quedan...

—¿Y qué cojones pasa? —dice Tere, muy nerviosa.

—Joder, espera que te cuente. Lo que pasa es que la novia del tío, como todo está preparado por el programa, ¿comprendes?, pues está oyendo la conversación y, cuando el tío ya ha caído en la trampa, se pone al teléfono y le monta un pollo que te cagas.

—¿Y? —dice Javi.

—Y ya está. Que mola —dice el Jose algo desengañado por el poco éxito obtenido—. Que le dicen la prueba de los novios porque se trata de ver si los tíos son fieles o qué.

—¡Qué coño van a ser fieles los tíos! —dice Tere.

—Pues hay de todo, eh —dice Jose con seriedad.

—Culito veo, culito quiero. ¡Eso son los tíos! —remacha Tere.

—Y las tías, ¿qué? —se mete Javi—. Las tías, lo mismo.

—Pero menos —dice Tere.

—Igual —sentencia Javi.

—Hay de todo, eh —concluye Jose.

—Mucho hijoputa es lo que hay —sigue Tere.

—Tú conduce y calla —dice Javi.

Y Tere no dice nada.

Al llegar a la callecita lateral, cerca de la esquina del banco, Tere coloca el coche en doble fila.

—Ahí tienes un sitio —dice Jose, indicando una plaza de aparcamiento que se está quedando libre.

—Ya. Muy listo, tú. Me meto ahí, se pone otro detrás en doble fila, me tapa, se larga el dueño ¿y cómo salgo, eh?

—Muy bien pensado —acepta Jose.

Javi mira el reloj.

—Ya voy —dice Jose, mirando el suyo.

Jose sale a comprobar, según lo previsto, la llegada y salida de los empleados del furgón.

—Algo me dice... —empieza Tere.

—Algo me dice que te calles —corta Javi.

—Estamos a tiempo de dejarlo, Javi.

—¡Que te calles, te digo!

—Javi, tú no estás de acuerdo con esto, yo lo sé.

—Ya es tarde.

—¡No!

—¡Sí!

—No es tarde. Vuelve Jose, le decimos que nos vamos, y nos vamos —casi suplica Tere.

—¿Y luego, qué? —grita Javi echándose hacia delante, a un palmo de la cabeza de Tere—. ¿Cómo se arregla lo tuyo?

—Ya veremos, no sé, esto es una locura.

—¡Pues claro que es una locura! Todo es una locura.

—Javi...

—En mi cuarto he dejado un paquetito. Es para Merche.

—Javi...

—¡Cállate! —ordena Javi—. Si me pasa..., si me pasa algo malo, se lo das, ¿vale?

—Javi...

—¡Se lo das!, ¿vale?

—¡Vale! —Tere baja la cabeza.

—Ahí llega Jose.

Jose anuncia que el furgón ya se ha ido. Reparten las caretas y las pistolas. Salen del coche. Tere saca un recordatorio de la Primera Comunión de Sandra y se pone a rezar. Javi y Jose caminan hacia la esquina del banco y, al llegar, el ciego que vende los cupones, el confidente de Jose, saluda:

—¡Hola, Jose!

El Jose no sabe que su amigo el ciego no es ciego del todo. Que algo ve. Que le ve. Que le reconoce y le saluda.

—¡Hola, Jose!

Javi y Jose están a tres metros de la puerta del banco. El Jose, sorprendido por el saludo del ciego que no es ciego del todo, se pone nervioso, y se le cae al suelo la careta que sujeta como puede con el brazo en el interior de su cazadora, y se agacha a recogerla, más nervioso todavía, y, al agacharse, se le cae la pistola al suelo.

En ese mismo instante, dos policías de paisano, dos escoltas que vigilan junto al portal de la vivienda que hace pared con el banco, sacan sus armas y disparan varias veces.

Javi y Jose, sobre la acera, bajo la lluvia fina, ya están muertos.

Las nueve y veinte.

Epílogo
DÍAS DESPUÉS

Tere pasea con Gustavo por la alameda del pueblo. La tarde es buena, soleada, clara. Tres niños los adelantan en sus bicicletas. Dos hombres charlan en un banco, sus cabezas protegidas por sendas gorras. Una anciana camina despacio, ayudada por una asistente de la residencia. Gustavo y Tere vienen de las oficinas del hipermercado. Tere ha mantenido una entrevista para solicitar una plaza de cajera. Está difícil. Es más probable que la puedan contratar como reponedora. No quiere trabajar en el bar con su padre. Al menos, de momento. Desde el entierro de Javi, el padre está sumido en un silencio hecho de culpa, dolor, perplejidad y rencor. Está a la espera de una explicación, de un cuchillo de luz que desgarre el velo del secreto. ¿Por qué Javi iba a atracar un banco? Tere no ha dicho nada. Ha dicho que no sabía nada. Lo mismo que le dijo a la policía cuando registraron la casa y la interrogaron. Nada. Ella no sabe nada. No tiene fuerza ni coraje para decir la verdad. Ahora, no. Pero un engrudo de culpa que le pesa en el pecho le hace pensar que algún día tendrá que contarlo. O que tal vez suceda algo que hable por ella. Alguien vendrá a por ella por esa carretera, y entonces se sabrá la verdad.

Ella tenía que haber sido la muerta. Ella tenía que haber ocupado el ataúd que metieron en el nicho. No puede pensar de otra manera. Pero tampoco puede actuar de otro modo. Le falta valor. Y no tiene, de momento, el consejo de nadie.

Gustavo, desde el primer día, está a su lado. Es el único que habla, que no ha menguado de estatura, que no mira al suelo ni hacia otra parte. Esta misma tarde le ha regalado un dvd de *La condesa descalza,* que Tere lleva en su bolso.

—¿La tienes? —ha preguntado Gustavo.

—No —ha mentido Tere.

—Te tengo que copiar la de Jennifer Connelly, para que veas.

—Vale.

Bien mirado, Tere no ha mentido. Reunió dos mil euros que tenía ahorrados y los dejó en el apartamento con todo lo demás. Si les parece poco a sus proxenetas, la buscarán. Y la encontrarán. Vendrán por esa carretera. Tere tiene muy presente una frase que Bogart dice al comienzo de *La condesa descalza:* «De vez en cuando la vida actúa como si hubiera visto demasiadas películas malas». Así ha sido. Así será, piensa.

Ella, como la bailarina María Vargas, tenía que haber sido la muerta en el entierro. Pero las balas encontraron el corazón del hermano.

Cuando Tere escuchó los disparos abandonó el coche y corrió, en un primer impulso, hacia la esquina del banco. Vio los cuerpos tendidos en el suelo de Javi y Jose, a los policías con sus revólveres en la mano, gritos, remolino de gente, sirenas que ya se acercaban. Y salió corriendo. Se puso a salvo.

Llegó a su casa, aterrada, y puso la radio, y el televisor. Nada. ¿Habrían muerto Javi y Jose? A los pocos minutos, Telemadrid dio la noticia: dos terroristas abatidos cuando intentaban asesinar al miembro del Tribunal Constitucional, Alberto Sánchez Sánchez. ¡El Catedrático! Allí estaba, en la pantalla del televisor, la fotografía de su cliente. De su amigo. El Catedrático. La vida actúa como si hubiera visto demasiadas películas malas. ¿O a eso se le llama destino? Los escoltas, que esperaban al jurista junto al portal, no dudaron un segundo en disparar cuando vieron caer al suelo la pistola de Jose. Después, la noticia se desmintió. No eran terroristas. Los muertos eran dos chorizos que iban a atracar el banco de la esquina. Hay polémica en la prensa y en la política. A los escoltas se les ha abierto un expediente para dilucidar si abusaron con imprudencia del uso de sus armas reglamentarias.

«Quiero hacer contigo lo que la primavera hace con los cerezos», le había escrito el Jose a Javi, copiando a Neruda, para Merche. A Javi le pareció muy bonito. A Merche le hizo llorar todavía más, adelgazarse, consumirse hasta hacerse diminuta y ausente. Tere le dio a Merche el paquete de Javi en la tarde del entierro. Lo había encontrado, dijo, en la casa. Para ella.

Era una cajita de cartón envuelta en papel de regalo. Dentro, junto a la carta, había un osito azul de peluche. Merche apenas pudo terminar la lectura de aquellos renglones que mezclaban letras de canciones y versos de amor. Le pasó la carta a Tere, y Tere supo quién había escrito aquellas líneas. Y supo que Jose las había escrito pensando en ella. También para ella. La carta terminaba así: «Te quiero como desde Madrid a Afganistán, un millón de veces ida y vuelta».

Gustavo y Tere, paseando, han llegado casi hasta el final de la alameda. Tere mira hacia la carretera, hacia el punto en el que el asfalto desaparece tras una curva. Por ahí vendrán, piensa. Alguien vendrá a por mí en un coche negro que llegará sin prisa y sin ruido. De momento, nadie viene. Sólo un presagio que trae el aire.

Tere le dice a Gustavo que quiere volver hacia el pueblo. Gustavo le dice que se quede quieta, ahí, un segundo. Se aparta unos metros. Saca su cámara digital, encuadra a Tere y hace una lenta panorámica desde su rostro hacia el cielo. Hacia una cigüeña grande que vuela hacia su nido.